追放王子の
暗躍無双
～魔境に棄てられた王子は英雄王たちの力を受け継ぎ最強となる～
西島ふみかる × ill.福きつね

「私に近づかないで」
セレスティア
・ネイ・エルデシア

……は？
リオン

「一足先に踏み込んで、
暗殺組織の人間は拘束してある」

「そこのあなた！
私は勇者遊撃隊隊長のジゼル。
……あなたは誰ですの？」
ジゼル
・アリア・クレージュ

「〈神器〉装填——弐番
〈精霊王シオネルの長弓〉!」
秘められし力を解き放ち、
王国に迫る未曾有の危機を撃ち砕く——!

CONTENTS

追放王子の暗躍無双
～魔境に棄てられた王子は英雄王たちの力を受け継ぎ最強となる～

西島ふみかる

GA文庫

キャラクター紹介

［イラストレーター］福きつね

リオン

紋章がないために
王国を追放された元王子。
最愛の妹を護るために、
魔境で英雄王たちから
引き継いだ力を持って
王国に帰還する。
果たして正体を隠したまま、
彼女の護衛を務めあげることが
出来るのか……!?

Lion

セレスティア

第三王女であり、
次期国王候補であるリオンの妹。
美しく、民を想い、魔力も多く、
聡明で、王女として優れている。
しかし、リオンの
正体には気づかない。
いつか、その正体に
辿り着くときは来るのか……!?

Celestia

ジゼル

王国の〈勇者〉一族の末娘で、
最強の戦乙女と呼ばれている。
好戦的な性格で
強敵との戦いを楽しんでいる。
セレスティアの護衛となるための
試験で立ちはだかるが、
その実力は如何に……!?

Giselle

クレハ

一年以上前に
孤児院から送られてきた、
セレスティアに
心を許されている侍女。
いつもは無表情で
冷たい印象さえ与える美人だが、
王女の前でだけは
年相応の笑顔を見せる。
なにか秘密がある様子……？

Kureha

プロローグ

酒場は昼間から賑《にぎ》わっていた。

中央の大テーブルでは男たちが酒盃《しゆはい》を傾け、今日の成果を大声で語り合っている。

いくつかある立ち呑《の》み用のテーブルには二、三人の客が集い、噂話《うわさばなし》を交えながら情報交換を行っていた。

辺りには酒の匂《にお》いとともに、革鎧《かわよろい》に特有の油臭さや鉄さびの匂いが漂っている。

鉄臭さの原因は鉄製の装備だけでなく、そこにいる者たちの体に染《し》み付いた血の匂いでもあった。

ここは西方辺境地帯、唯一の冒険者ギルド。

酒場も兼ねた小さな支部だったが、この辺りの魔物を狩り、村々の平和を守っている立派なギルドである。

ここに集う者たちは、依頼をこなし、報酬を得て日々を暮らしている冒険者たちだった。

ギルドの扉が開くと、冒険者たちが何気なく入ってきた人物に目をやる。

ふと、ギルド内が静かになった。

入ってきたのは、この場にはまったくそぐわない少年である。

質素だが清潔な身なりをしており、どこか大人びた印象を与えた。

見る者が見れば、彼の所作や振る舞いが非常に洗練されていることが分かっただろう。

少年は冒険者たちの視線を気にも留めず、慣れた足取りで受付に向かう。

酒場の給仕兼受付嬢に挨拶《あいさつ》すると、口を開いた。

「灰色狼《グレイウルフ》を狩ってきたので、また素材として買い取ってもらえますか？」

「え！　最近、街道沿いに出ていたアレですか！　確か討伐依頼が出てて……あ、ありました。依頼では六頭になってますね。狩ったのはそのうちの何頭ですか？」

少年は少しばつの悪そうな顔で答える。

「えっと……十頭なんですが」

「十頭⁉」

少年が答えると、ギルド内がざわりとした。

灰色狼《グレイウルフ》は一頭でも手強《てごわ》いが、群れになるとベテランの冒険者でも手こずる魔獣である。

討伐依頼が出ていたが、辺境にいる冒険者のレベルはそれほど高くなく、誰《だれ》もが二の足を踏んでいた。

しかも六頭しか目撃されていないのに、彼は十頭狩ってきたと言うのである。

受付嬢が建物の裏手に回ると、青ざめた顔で戻ってきた。

「確かに十頭、積み上げてありました……どういうことか説明してもらえますか？」

少年は事も無げに説明した。

「ええ。六頭の割には被害も大きいし、足跡も多かったので、近くに巣があるんじゃないかと考えました。そこでわざと逃した一頭を追い、予想どおり巣を見つけたので、そこにいた四頭も合わせて狩ってきたんです」

「な、なるほど……そういうことですか」

受付嬢が血の気の引いた顔で、ちょうど奥から出てきた初老の男性に目をやった。

その男はこの支部のギルドマスターである。

ギルドマスターは少年を見てため息をつくと、受付の彼女に指示を出した。

「いつもどおり質も良いんだろう？　全部買い取ってやれ。少し色をつけるのを忘れるな」

「は、はい！」

査定をしに行った彼女を見送ると、彼は少年に目をやり、二度目のため息をついた。

「なあ、リオン。そろそろ冒険者登録をしたらどうだ？　登録して依頼を受けてくれれば討伐報酬も出せる。登録していないと素材の買い取り料しか払えないだろう？　それじゃあ、お前が損するばかりじゃないか」

リオンと呼ばれた少年は、少し考える素振りを見せた。

この国でもたまに見かける、黒い髪と黒い瞳《ひとみ》。

大人びた見かけよりもずっと若かったが、何年も前からこのギルドの常連である。

しかも持ち込む獲物は、一流の冒険者パーティでも手こずるような大物が多かった。

しばらくして、リオンは首を振った。

「お誘いはありがたいですが、やっぱりやめておきます。身の回りの品を買えるくらいのお金があればいいので。それに、いまのところ食事や寝床にも困っていませんしね」

リオンがそう答えると、ギルドマスターは小さくうなずいた。

「そうか……だが気が変わったらいつでも言うんだぞ？　……それはそうとリオン、お前一体どこで寝泊まりしているんだ？」

「言いませんでしたか？　魔境ですよ」

「またその冗談か……笑えんなあ」

魔境――この国、エルデシア王国西方にある大森林地帯の名称である。

国境沿いに広がるその森は、はるか昔から『魔境』と呼ばれ、国の内外から恐れられていた。

森林に詳しいベテラン冒険者でさえ、その森で迷ったら二度と出られない。

また、森の土壌には魔力を吸収する成分が含まれており、よほどの魔力持ちでない限り、すぐに魔力切れを起こすことでも有名だった。

周辺部ですら強力な魔物がはびこり、魔境の奥には、いまだ確認されていない未知の魔物も存在するという話である。

そんなところで生活するなど、到底不可能なことだった。

受付嬢が査定を終えて戻ってくると、買い取り額を提示してきた。

「リオン君、計算できました。今回はこのくらいでいかがですか？」

「それで結構です。いつもありがとうございます。……それと」

受付嬢はくすりと笑うと、リオンの言葉を待たずに言った。

「果実水のご注文ですね。テーブルで待っていてください。すぐに持っていきますから」

「お願いします」

リオンはお金を受け取ると、酒場の隅のテーブルに移動する。

一人になったリオンに声を掛ける冒険者はいなかった。

たまにちらちらと見る者もいたが、周りの者たちが首を振って「構うな」と言外に伝える。

ギルドの常連たちは皆、リオンが一人を好むことを知っていた。

それに、冒険者登録をしていないリオンを、パーティに誘うことはできない。

彼が冒険者登録をしないのは、パーティへの勧誘を避けるためでもあった。

運ばれてきた果実水を飲みながら、リオンは周りの会話に耳を澄ます。

これはギルドに来たときのリオンの習慣である。

彼は冒険者たちの噂話を聞くのを楽しみにしているのだ。

リオンが好きなのは王都の話である。

その中でもとりわけ興味があるのは、王国第三王女に関する話だった。

国民に人気の高い第三王女セレスティアの話題は、遠く離れた辺境にまで伝わってくるのである。

今日もなにか話が聞けるといいな……

リオンがそう思っていると、斜向《はすむか》いで飲んでいる冒険者たちの話が聞こえてきた。

「――俺《おれ》も志願しようと思ったんだが、参加者が多すぎてな。ありゃあ予選を通るだけで一苦労だぜ」

「凄腕《すごうで》の冒険者や、騎士団の騎士様たちまで大勢詰めかけているんだろう？」

「そりゃ、そうなるわな。オレだって腕がありゃ、すぐさま王都に馳《は》せ参じるさ！」

「まったくだ。なんたって――セレスティア様の専属護衛になれるかもしれないんだからな！」

……え？

リオンはその話を聞くと、珍しく冒険者たちに声を掛けた。

「あの！　突然割り込んですみません。いまの話、詳しく聞かせてもらえませんか？　――あ、この方たちにお代わりを」

リオンは通りがかった給仕に追加注文する。

男たちは顔を見合わせると、相好を崩して少年を歓迎した。

「いやあ悪いなあ、気を使わせちまって」

「いえ、いいんです。それで、さっきの話ですが……」

リーダー格らしい男が、無精髭《ぶしようひげ》を撫《な》でながら説明した。

「ああ。セレスティア様が専属護衛の選抜試験をされるとお触れが出されてな……志願者が多すぎて大騒ぎになってるって話だ」

リオンはいぶかしげな表情で尋ねる。

「選抜試験？　王族の護衛は推薦で決まるんじゃないんですか？」

小柄な男が割り込んで続ける。

「普通はそうだが、今回は違う！　王女様は護衛を広く王国民から選ぶことにされたのよ！　こんなこたあ、王国はじまって以来のことだぜ？　オレたちみたいな貧乏人にも機会を与えてくださったんだからな！」

リオンは考えを巡らせながら、続けて尋ねた。

「でも、どうして護衛の交代を？　王女様に何かあったのですか？」

男たちは驚いた顔でリオンに目をやった。

「兄ちゃん、知らなかったのか？　この前、セレスティア様は暗殺されそうになったんだぜ？　護衛はそのときおっ死んだとよ」

……あん……さつ……？

しばらく、その言葉の意味が分からなかった。

あんさつ……って何だ？　あ、挨拶かな？　あいさつされそうになった？

なあんだ、そうか。挨拶か――

って、違うっ！

「あ！　あ⁉　――暗殺うぅぅぅぅぅぅぅぅっ⁉」


数分後、リオンは矢のような速さで駆けていた。

その顔には焦《あせ》りと怒りが浮かんでいる。

リオンは唇を噛《か》むと、心の中で声を上げた。

俺が甘かった……幸せに暮らしていると思っていたのに！

冒険者たちの話はこうだった。


エルデシア王国第三王女、セレスティア・ネイ・エルデシアが暗殺者に襲撃された。

幸い王女は無事だったが、とうとう第三王女が王位継承争いに巻き込まれたのではないかと市民は噂している。

襲撃に際し、王女を警護していた護衛は殉職した。

それを受け、今回、王女専属の護衛を広く王国民から選ぶこととなった。

これは、王国史上初めてとなる前代未聞の選定方法である。
王都で行われる護衛の選抜試験は一週間後。
実力のある者なら経歴は問わない――

リオンが帰りついたのは、魔境のさらに奥。
彼が、この魔境で暮らしているのは本当のことだった。
しかも、彼はここで十年、生活しているのである。
魔境の奥には隠された墓所があり、リオンはそこで暮らしているのだ。
墓所は迷宮のようになっており、数多くの部屋がある。
かつてはここに多くの人々が暮らしていたのだろう。
寝室にしている小さな部屋に駆け込むと、リオンは鏡を覗《のぞ》き込んだ。
まずい……色が少し戻ってる……そろそろ薬を飲まないと……
わずかに髪や瞳に、銀色が混ざってきていた。
彼の元々の髪色は輝くような銀色であり、瞳も青みがかった銀なのである。
この国で銀髪銀眼はとても珍しい。
正確に言えば、リオンを含めて、この国には二人しかいなかった。
見られれば、間違いなく記憶に残ってしまうだろう。

リオンが棚にある薬を飲むと、髪と瞳が黒く染まっていった。
魔境で採れる薬草を原料にした染色薬である。
いつも髪と瞳を黒くしているのは、正体がバレないよう用心しているためだった。
リオンは鏡に映る自分の顔をまじまじと眺め、小さくうなずく。
顔立ちも、幼いころから比べれば随分と変わった。
昔の俺を知る者に気づかれることもないだろう。
リオンは薬を鞄《かばん》に入れると、剣を腰のベルトに通し、急いで荷物をまとめていく。
準備を終えると、リオンは手紙をしたためた。
……みんなには手紙を残していこう。
この墓所に住まう者たちには黙って発つつもりだった。
ここを出て、王都に戻ると言えば、引き止められるかもしれないからだ。
それに、みんなの顔を見れば決心が揺らぐかもしれない。
リオンは手紙を机の上に置くと、静かに墓所を出た。
おそらく、リオンがどれほど気配を絶とうとも、彼の行動など筒抜けだろう。
だが、墓所の住人は姿を見せなかった。
黙って出ていこうという彼の意思を尊重したのである。
リオンは墓所を振り返ると、深々と頭を下げた。

「必ず、また戻ってきます。では――行って参ります！」
リオンはそう告げると、墓所を離れ、魔境の中を走り出す。
魔獣の群れや、魔境では弱い部類に入る魔物たちが次々と襲いかかってきた。
リオンはその魔物たちを難なく斬《き》り伏せ、駆け抜ける。
知能の高い魔物や強力な魔物ほど、リオンには近づいてこない。
その人間の強さが直感で分かるからである。
魔境から王都までは馬車で三週間。
だが、彼の足なら七日もかからない。
魔物を狩って生活し、気づけば十年の時が流れていた。
冒険者登録をしていないのは、むやみに人と関わらないようにするためである。
村の住人やギルドの職員とも深い関係を持たず、ほどほどの距離を保ってきた。
――一人で辺境で暮らし、たまにギルドに顔を出して第三王女の噂を聞く。
そして、いずれは魔境の墓所に骨を埋める――
そういう人生でいいとリオンは思っていたのだ。
だが、その生活も今日で終わる。
リオンは王都に戻り、第三王女セレスティアの護衛試験を受けるつもりなのだ。
これからの人生は、彼女の側《そば》で生きると決めたのである。

魔境を駆け抜けながら、リオンは考える。
俺はこの国、エルデシア王国にとって忌《い》むべき存在だ。
正体がバレれば、王国は再び俺を排除しようとするだろう。
もしそうなれば、その影響は王女にまで及ぶかもしれない……
リオンにとって、それだけは絶対に避けなければならない事態だった。
正体を隠し、王女の護衛となり、彼女に迫る敵を排除する――
それがリオンのなすべきことである。
それに……
リオンは奥歯を噛み締めると、思わず口にする。
「あの子に手を出されて、黙っているわけにはいかない！」
襲いかかってきた魔物を一刀両断すると、リオンは魔境を抜けた。
今夜は月も隠れている。全速力で走っても、見咎《みとが》められることはないだろう。
王都の方角を確認すると、リオンは地面を蹴《け》って走り出す。
幼いころの王女の姿を思い起こし、決意を込めて言った。
「待っていてくれ――すぐ行く！」
リオンは夜の闇《やみ》にまぎれ、一路、王都をめざした。

第一章 × 選抜試験と王女との再会

Chapter 01

護衛試験、本選。決勝戦。

「……私の……負けだ……」

対戦相手が膝《ひざ》をつき、降参を認めた。

会場が一瞬、静まり返ったあと、大きなどよめきが起こる。

審判が手を上げ、宣言した。

「勝者、リオン！」

「「うぉおおおおおおおおおおっ！」」

審判が勝敗を告げると、観客席から割れんばかりの拍手と大歓声が巻き起こった。

闘技場全体が揺れるような大音声である。

リオンは傷だらけで、試合場に立っていた。

服は破れ、あちこちから血が滲《にじ》み、額《ひたい》からは汗が流れている。

決勝戦の相手は、高名な騎士団の団長だった。

両者は互いに一歩も引かず、技量を出し尽くし、満身創痍《まんしんそうい》で戦ったのだ。

リオンはふらつきながら対戦相手に近づくと、手を差し出す。

団長は顔を上げると、ふっと笑みを浮かべ、その手を握り返した。

ぐっと引っ張って相手を起こすと、団長はそのままリオンの腕を上げ、勝者がどちらかをもう一度、観客たちに伝えた。

その様子を見て、客席からは両者の健闘を称える声が溢《あふ》れかえった。

「よくやった！」「すごい試合だった！」「二人とも強かったぞ！」

二人は、やり遂げたような清々《すがすが》しい顔で笑みを交わす。

リオンは歓声に応《こた》えて手を振りながら、心の底からホッとしていた。

なんとか良い戦いにできたな……これ以上はないという接戦を演じきったぞ。

ここは、護衛試験の本選会場。

王都エルデシュの西部に位置する巨大な円形闘技場である。

客席は満員で、立ち見が出るほどの盛況を博していた。

護衛試験は参加者同士の試合形式で行われ、優勝した一人が第三王女の専属護衛として王家に雇われるのである。

リオンは予選、本選と勝ち抜き、ついに優勝を手にしたのだ。

試験では、固有スキルや固有剣技の使用を禁じられていた。

強力な固有技を持つ参加者たちには不利なルールだったが、素の実力を確かめるためには必要な措置であった。

それに、リオンにとっては何の影響もない。

通常技のみで戦っても、リオンが優勝するのは簡単なことだった。

難しいのは、どの程度の力で戦えばいいか見極めることである。

リオンは強力な魔物とばかり戦ってきたため、人相手の戦闘には少々不慣れなのだ。

力を出しすぎると、一撃で相手を壊しかねない。

よってリオンは、対戦相手と同じくらいの力で戦うよう心がけてきた。

先ほどの決勝戦も、誰《だれ》が見てもぎりぎりで勝利したように見えたはずである。

傷だらけの体を見回し、リオンは内心でうんうんとうなずく。

我ながらうまくいった。わざわざ怪我《けが》をした甲斐《かい》があったぞ。

拍手とともに対戦相手が退場し、リオンは試合場に一人残された。

これから護衛任命式でもあるのかもしれない。

観客席を見回しながら、リオンはふと思う。

それにしても……試験というよりはまるで興行だな。

選抜試験がこのように一般市民に公開されていることも異例だったが、観客たちが酒やつまみを片手に試合を観戦しているのもかなり異様な光景だった。

会場の外には屋台がずらりと並び、さながらお祭りにようになっているのである。

それに……

リオンは観客席の一番高い場所を仰《あお》ぎ見る。

そこには貴賓席《きひんせき》が設けられていた。

日除けの幕が掛けられていて奥までは覗《のぞ》けなかったが、そこに今回の試験の主催者、第三王女セレスティア・ネイ・エルデシアがいるのである。

たかが護衛の選抜試験に、王女がわざわざ臨席する必要があるだろうか……？

しばらく考えたあと、リオンは小さく首を振り、再び貴賓席を見上げる。

いや、彼女の目的が何にせよ、俺《おれ》にとっては、王女がこの場にいてくれることが何よりも嬉《うれ》しい。

俺の晴れ姿を近くで見てもらえるからな。

自然に笑みがこぼれそうになる。

ようやくだ……もうすぐあの子に会える！

リオンが十年ぶりに王都に戻って、改めて驚いたのが第三王女の人気である。

彼女の人気が高いことは知っていたが、これほどまでとは思っていなかったのだ。

ほとんどの王族は街まで降りてこないが、セレスティア王女はよく城下町を視察し、民たちと交流を深めているという。

しかも、彼女は孤児院の運営にもたずさわり、多くの事業を手掛けているというのだ。

この試験がこれほどまでに盛況だったのも、王女の人気に寄るところが大きい。

いつの間にか立派になっていたんだな……

リオンは込み上げてくるものを堪《こら》えると、王女が姿を現すのをじっと待っていた。

そのときである。

「……えっと？　え！　は、はい！　いえ、それは、はい、分かりました！」

王国職員が会場に告げる。

「ただいま貴賓席より物言いがつきました！　優勝者の実力に疑義があるとのことです！」

「…………は？」

リオンは耳を疑い、思わず声を出してしまった。

会場が突然の物言いにざわつきはじめる。

実力に疑義がある？　なんだそれは？

今さっき、優勝したばかりじゃないか！

観客たちが、困惑の表情を浮かべて顔を見合わせる。

口々に何か言い合い、どういうことなのかと首をひねった。

それはそうだろう。

決勝戦はそれは見事な戦いで、リオンの実力を疑う観客などいないのである。

物言いがつく余地はないはずだった。

まさか……

リオンは貴賓席を見上げる。

その席には王女の他《ほか》にもう一人、強い気配を放つ人物がいた。

リオンは試験会場に来たときから、その気配に気づいていたのだ。

誰かは分からなかったが、物言いをつけるとしたら、その人物かもしれない。

リオンは小さく舌打ちした。

まさか、力を抑えているのを見破られたのか……？

もしそうなら、かなりの実力者だ。

だが……一体、どうするつもりなんだ？

決勝戦の相手と再戦でもさせるのか……？

しばらくすると、試合会場に王国職員の声が響き渡った。

「突然ではありますが、これより優勝者の実力を確かめるため――特別親善試合を開催いたします！」

「親善試合!?　誰と!?」

リオンは思わず声を上げた。そして、そのことに気づく。

う、あの強い気配が移動している！

観客席の階段を疾風のように駆け下りてきた人影が、通路の途中で跳ぶと、空中で回転し、試合場にすっと着地した。

大胆な動きにも関わらず、それはとても優雅に見え、客席の皆もほうとため息をつく。

鮮やかな赤い髪、相手を射抜くようなわずかに吊り上がった目、すらりと伸びた手足。

大貴族の令嬢と言われても何ら違和感のないその人物は、可憐《かれん》な姿にはまったく不似合いな長剣を腰に下げていた。

その人物の正体が分かったのか、観客席から拍手と喝采《かっさい》が巻き起こる。

さきほどまで浮かべていた困惑の表情は消え、観客たちは期待に目を輝かせていた。

王国職員が声を張り上げる。

「優勝者リオンの対戦相手はなんと！　王国民なら誰もが知っているこの御方！」

観客の皆が立ち上がり、興奮は最高潮に達した。

「エルデシア王国、最強の戦乙女《いくさおとめ》――」

職員が彼女を紹介する。

「勇者ジゼル・アリア・クレージュ閣下です！」

「うわあ！　ジゼル様だああ！」

「やはり勇者様が登場なさったぞ！」

「勇者様！　勇者さまあああ！」

さも当然のように大歓声を浴びながら薄く微笑《ほほえ》む彼女は、正真正銘、王国の勇者。

勇者一族クレージュ家の末娘、ジゼルであった。

な……あの強い気配は勇者だったのか！

リオンは思わず、小さく舌打ちする。

これは面倒なことになったぞ。

＊　＊　＊

試合場に降り立った勇者ジゼルは、リオンを値踏みするようにじろじろと見てきた。

リオンは彼女をひと目見て、喉《のど》の奥で唸《うな》り声を上げる。

強い。今までの対戦相手とは格が違う。

王国最強というのは大げさではないらしい。

〈勇者〉とは、この国、エルデシア王国が保有する最大級の戦力である。

驚異的な体力と魔力を持ち、生まれながらにして身体能力に優れ、例外なく剣の才能がある。まさに攻撃力を具現化した存在だと言えた。

この勇者の存在こそが、エルデシア王国を中央大陸随一の大国に押し上げたのである。

勇者を排出するクレージュ家は、元々王家から分かれた武門の宗家であり、その家格は王家に次ぐものとなっている。普通の諸侯とは一線を画す家筋だった。

勇者ジゼルは長剣を抜き放つと、リオンに向けた。

「そこのあなた！　リオンと言ったかしら？　私はジゼル。この試験の監督官を仰《おお》せつかっている者ですわ。これから、あなたの実力を確かめさせてもらうけれど、よろしくて？」

いくら勇者とは言え、あまりな言い分である。

リオンはその勝手な物言いに抗議した。

「俺は優勝しましたよね？　優勝したのに実力の証明にならないとはどういうことでしょう？　俺が弱いと言いたいのですか⁉」

声を上げるリオンを見て、ジゼルはむしろ面白《おもしろ》そうに目を細める。

「いいえ、その逆ですわ」

「……逆？」

勇者ジゼルがうなずいて続けた。

「私は、あなたの実力がもっと高いのではないかと疑っていますの。あなた――力を隠しているのではなくて？」

ジゼルが射抜くような目でリオンを見る。

リオンは表情にこそ出さなかったが、図星を突かれて驚いていた。

力を抑えていることに気づくとは……さすがは勇者だ。

これは油断ならない相手だぞ。

黙っているリオンを見て、勇者ジゼルが続けた。

「私は監督官として、あなたの本当の実力を見極めなければなりませんの。もちろん棄権していただいても構いませんのよ？　その場合、私はあなたを殿下の護衛に推挙することはできません。いくら実力があったとしても、その力を隠し、あまつさえ私から逃げるような人物に、専属護衛が務まるとは思えませんわ！」

ジゼルはリオンを真っ直《ます》ぐに見つめて問うた。

「さあ、私と剣を交える覚悟はできまして？　返答を！」

リオンは勇者の視線を受け止め、目まぐるしく考えを巡らせる。

実力を見極める、か……勇者の言い分はもっともだ。

おそらく実力だけでなく、剣を交えることで人となりも見ようとしているのだろう。

勇者が認める程度まで実力を見せるか……？

リオンはしばらく考えたあと、内心で首を振った。

……いや、それでは駄目だ……

少々実力を見せても、まだ本気を出していないことに気づかれるかもしれない。

そうなれば、勇者はさらに俺の実力を探ろうとするだろう。

それでは切りがない。

リオンは貴賓席に目をやった。

もう、手の届くところに王女がいるんだ。

こんなところで足踏みしている場合じゃない。

なんとしても護衛になって、彼女を守らなければならないんだ。

ならば――

リオンは覚悟を決めると、勇者に言った。

「分かりました。つまり、あなたと戦って――勝てばいいんですね？」

勇者ジゼルがすうと息を呑《の》む。

ざわりと、ジゼルの気配が危険なものへと変化した。

会場も、勇者が放つ不穏な空気に当てられ、一斉に静かになる。

彼女の表情が一瞬固まった後、一転して恐ろしい笑みに変わった。

「……面白いですわね、あなた。私にそんな口を利《き》いた方はあなたが初めてですわ。実力を見せてくれればよかっただけですのに……。でも、そこまで言い切ったからには、私に勝てなければ不合格でよろしいですわね？」

リオンはうなずき、勇者に確認した。

「ええ、構いません。俺が勝ったら、護衛の資格ありと宣言していただきます」

「いいでしょう。勇者に二言はございませんわ」

よし、言質は取ったぞ。

これで、これ以上の物言いがつくことはない。
「勝負は試験のルールと同じでいいですね？」
「もちろんですわ」
準備は整ったな……
勇者は得物を試合用の模擬剣に変えると、リオンにも剣を新しくするように言った。
剣を持ち替え、二人は試合場の中央で相対する。
闘技場が静まり返った。
音を立てることさえはばかられるような緊張感が、会場全体を包んでいく。
リオンには、やらなければならないことが二つあった。
一つは、勇者に実力を認めさせること。
そしてもう一つは――勇者に勝たないこと。
リオンは勇者に実力を認めさせ、護衛になることを確実にする必要があった。
しかし、だからといって、勇者に勝つわけにはいかない。
一介の平民が勇者に勝ってしまえば、国中が大騒ぎになってしまう。
そうなれば、護衛どころの話ではないのだ。
だから――
リオンは一度長く息を吐くと、決意を込めて勇者を見つめる。

勇者に勝たずに実力を認めさせ、これなら仕方がないと思われる結末を用意する――
それが、俺のなすべきことだ！
相手は王国最強の戦乙女、勇者ジゼル・アリア・クレージュ。
対するは護衛試験の優勝者、辺境のリオン。
両者の視線が絡《から》まる。
審判が緊張のあまり、震える声で宣言した。
「そ、それでは、勇者ジゼルと優勝者リオンの親善試合を始めます！」
一瞬の沈黙のあと、審判は手を振り下ろした。
「試合開始！」
勇者が剣を構える。リオンが地面を蹴《け》る。
二人は試合場の中央で激突した。

＊＊＊

まずは本気にさせる――
勇者が経験したことのない戦いを見せよう！
さすがに、勇者の踏み込みは速かった。

ほんの瞬きの間に、勇者はすでに目の前にいた。
下段からの突き上げ斬《ぎ》りが、リオンの首元を狙《ねら》う。
リオンは首を傾《かし》げて剣先を避けると、右からの片手斬りで応戦した。
勇者の視線がそちらに向いた瞬間、彼女の目が驚きに見開かれる。
リオンの右手に、剣がなかったからである。
「え⁉」
勇者が思わず声を上げた。
リオンは、攻撃動作に入る直前、背後で剣を左手に持ち替えていたのだ。
すかさず右足を踏み込むと、今度は、左からの逆袈裟《けさ》斬りを放つ。
一瞬にして、攻撃の左右が入れ替わったのである。
「ちっ！」
勇者は戸惑いながらも、リオンの剣を力任せに払った。
そして即座に踏み込むと、神速の突きを放つ。
リオンは回転しながら、勇者の突きをかわした。
そして、勇者に背中を向けた瞬間、脇《わき》の間から背後に向け、お返しの突きを放った。
騎士の剣技セオリーにはない完全な邪道技である。
突然、目の前に現れた突きに、虚をつかれる勇者。

だが、さすがは勇者である。

彼女はすかさず反応し、その突きを下からはね上げた。

その剣圧にリオンの体勢が崩れる。

「そこですわ！」

リオンの空いた脇腹に、勇者の水平斬りが決まる瞬間――

リオンは膝を上げ、肘《ひじ》を下ろし、勇者の剣を挟み込むようにして止めた。

肘と膝による白刃取りである。

「な……！」

勇者が驚愕《きょうがく》の表情を見せた。

「「「おおおおおおおぉっ！」」」

客席からも、リオンの戦い方に感嘆《かんたん》の声が上がる。

彼女も、観客たちも、このような戦い方を見たことがなかったのだ。

騎士の剣術とはまったく異なる、その自由奔放《ほんぽう》な技の数々。

勇者の表情が、驚きから喜びに変わっていく。

「面白い……あなた面白いですわ！」

彼女は容赦《ようしゃ》なく剣をひねり、肉を絶とうとするが――そのときにはすでに、リオンは軌道の低い足払いを仕掛けていた。

「く！」

勇者は、ここで垂直に跳べば滞空時に追い打ちがかかると予想し、後方へと飛び退《すさ》る。

リオンはそれを読んでいた。

地面を蹴って加速すると、まだ跳んでいる勇者に向け、強烈な連続刺突を放つ。

「え！　読まれた⁉」

勇者は、空中で強引《ごういん》に体をひねって、なんとか突きを避ける。

この滞空時間はまずいと思った勇者だったが、リオンは追い打ちをかけてこなかった。

着地して、いぶかしげな表情を浮かべる勇者に、リオンは胸元《むなもと》を指差して見せる。

「……一体、何なんですの？」

勇者が自分の胸元を見ると、さきほどの突きがかすったのか、衣服が破れ、胸元が露出していた。

「……っ！」

慌《あわ》てた勇者が衣服を整えるまで、リオンは攻撃しなかった。

リオンの行動の意味を悟り、勇者が目を細める。

「ふうん……私が万全になるまで待っていてくれたというわけですわね？　紳士的ですこと。でも、よろしいのかしら？　先ほど追い打ちをかけていれば、少しは私を追い詰められたかもしれなくてよ？」

リオンは首を振った。

「いいえ。俺は正々堂々、あなたと戦いたいのです」

そう言うと、リオンは剣を両手で持ち、垂直に構える。

勇者は目を疑った。

それは、騎士の礼である。

相手に敬意を払い、力を尽くして戦うことを誓う戦士の決意表明であった。

リオンが見せた騎士の礼は、勇者から見ても完璧《かんぺき》なものであり、高潔な騎士の精神とたゆまぬ修練の跡を感じさせるものだった。

ジゼルは、リオンが辺境出身の孤児だと聞かされていた。

そんな彼が、このような礼儀を知り、なおかつ完璧にやってみせるとは思ってもみなかったのだ。

勇者はしばらくリオンを見つめると、次第に破顔し、自身も騎士の礼をして見せた。

リオンの礼に返答せずにはいられなかったのである。

「ふふ……あなたには驚かされてばかりですわね。こんなに楽しい勝負は初めてでしてよ？　では私もあなたの……いいえ、リオンの敬意に応えて——」

勇者ジゼルの瞳《ひとみ》が光を帯びる。

「少々——本気をお見せいたしますわ」

勇者の神速の剣が、リオンを襲う。

先ほどよりも格段に速く、鋭くなった攻撃に、リオンは防戦を余儀なくされた。

勇者の剣がさらに速度を増し、光の軌跡としてしか捉《とら》えられなくなっていく。

リオンは器用に勇者の攻撃をいなしたが、次第に試合場の隅に追い詰められていった。

観客たちがその凄《すさ》まじい戦闘にどよめき、固唾《かたず》を飲んで勝負の行方《ゆくえ》を見つめる。

楽しげに笑いながら、あくまでも優雅に、しかし容赦のない攻撃を放ってくる勇者の姿は、まさに戦乙女の名にふさわしいものだった。

「すごいですわ！　私の剣をここまでいなすなんて！　なんて楽しいのかしら！」

勇者の攻撃を避けながら、リオンは考えを巡らせる。

なんとか本気にさせることができたな……

リオンは勇者の剣を弾《はじ》き、時にいなしながら機を狙っていた。

勇者に勝たずに、負けを認めさせること――それがリオンの成すべきことである。

そのヒントは選抜試験のルールにあった。

この試験は、物理的手段のみで戦う試験である。

魔法はもとより、スキルや能力を使った特殊攻撃も反則なのだ。

勇者に負けを認めさせる算段は、もうついていた。

あとは、その機会が来るのを待つだけである。
リオンは、すでに勇者の剣を見切っていた。
彼女の攻撃は鋭いが、それは所詮《しょせん》、練習場で身についた剣である。
実戦の中で、命の危機に瀕《ひん》しながら培《つちか》われた剣ではない。
それゆえ、彼女の剣には、ある重要なものが欠けているのだ。
「さあ、これではどうかしら！」
曲線的に振るっていた剣の軌道を瞬時に変え、勇者は必殺の刺突技を繰り出す。
その突きの速度に、強烈な衝撃波が巻き起こった。
普通の剣士なら、突如、曲線から直線に変わった剣撃にあえなくやられていただろう。
だが――
来た！
リオンは、勇者との距離が近づくこの時を待っていた。
首を傾げるようにして、突きを完全に見切ると、リオンは彼女の懐《ふところ》に一気に飛び込む。
間近で、二人の視線が絡まった。
勇者ジゼル、あなたはこれを経験したことがない。
なぜなら、あなたは殺されそうになったことがないからだ！
リオンはぐっと奥歯を嚙《か》み締めると、気合を込める。そして――

喰《く》らえっ！
体が触れ合うような距離で、リオンは勇者に向け——ありったけの殺意を放った。
ぶわっと目に見えるほどの濃厚な殺意が、勇者に襲いかかる。
「うっ……！」
勇者が目を剝《む》き、思わず喉の奥で悲鳴をこぼした。
彼女の剣に足りないのは——殺意。
勇者ジゼルは、命のやり取りをするほどの強敵と戦ったことがないのだ。
いまだかつて経験したことのない圧倒的な恐怖が彼女を襲う。
びくりと反応した彼女は、防衛本能だけでとっさに動いた。
それは動物が恐れたときの反応と同じである。
「いやっ！」
恐慌をきたした勇者が剣を振りかぶった。
その剣が輝きを帯び、勇者の瞳が赤く染まる。それは勇者の力の解放を意味していた。
勇者が縦横に剣を振るうと、その度に風を切り裂く衝撃波が刃から発せられた。
その剣技は、勇者固有の遠距離攻撃技である。
——予想どおりだ！
リオンは後方に大きく跳びながら、剣を凄まじい速度で振り、衝撃波を殺す。

しかし、すべてを相殺《そうさい》しきれず、吹き飛ばされたリオンは試合場の壁に叩《たた》きつけられた。

「ぐっ！」

壁で大きく跳《は》ね、地面に倒れ落ちるリオン。

勇者は息を呑み込み、目の前の光景をぼう然と見ていた。

だが、すぐに自分が何をしてしまったかに気づき、声を上げる。

「い、いけない！　私としたことが！」

勇者は駆け出し、リオンに近づいた。

リオンは頭を振りながら立ち上がると、苦しげに口を開く。

「……この試合は試験のルールと同じだと言いましたよね？」

「……え？」

リオンが静かに続けた。

「固有技は禁止です」

「あ！」

勇者は思わず口元を押さえる。

彼女は何をしたのか。

勇者はリオンの殺意を受けて、思わず勇者固有の剣技を放ってしまったのだ。

この試験は、スキルや能力を使っての特殊攻撃は禁じられている。

ルール通りなら、固有技を使っての攻撃は反則なのだ。

小さく唸った勇者は、しばらくしてため息をつくと、悔しそうに口にした。

「……私の……反則負けですわ……」

審判が勇者の敗北宣言を聞き、目を瞬かせる。

「え？　勇者様が反則……？　あ……ああ！　そういうことですか！」

その意味をようやく理解したのか、審判が手を挙げた。

「しょ、勝者は、なんと辺境のリオン！　ジゼル様が固有剣技を出してしまい、反則負けを宣言なさいました！」

観客席がどよめき、その後、大歓声が上がった。

「ジゼル様が反則負け⁉」『そうか固有技か！』『うっかりされたようだな！」

観客のほとんどは、いまの試合が高度な駆け引きの上で成り立っていたことを知らない。

勇者ですら、リオンの策にまんまとしてやられたのだ。

勇者の反則を誘って、彼女に負けを認めさせること——それがリオンの策だったのである。

勇者ジゼルは複雑な表情でリオンを睨《にら》んだ。

リオンが間違いなく強者だと確信できた反面、策に嵌《は》められた悔しさもあるからである。

だが、彼女は王国の勇者。

民たちの前で、無様な姿を見せられるはずもない。

勇者は小さく息をついて気を取り直すと、貴賓席に目をやった。

幕の向こうの依頼主に、判断を仰ぐためである。

貴賓席の人影は勇者にうなずいて見せた。

その返答を受け、勇者ジゼルは会場を見回し、宣言する。

「私、勇者ジゼル・アリア・クレージュは、優勝者リオンの実力を認めますわ！　よって、彼を第三王女殿下の専属護衛の資格ありと判定いたします！」

「「「うぉおおおおおおおおおおぉ！」」」

観客席から割れんばかりの拍手と、歓声が巻き起こった。

ジゼルも観客たちと同じように、笑みを浮かべてリオンに拍手を送る。

リオンは勇者に頭を下げると、手を上げて歓声に応えた。

そして、貴賓席を見上げて膝をつき、王女に臣下の礼をしてみせる。

拍手と歓声が収まるのを待って、王国職員は護衛選抜試合の閉幕を宣言した。

勇者ジゼルは、笑みを浮かべてリオンに近づくと、肩に手を置き、顔を近づける。

挑むような目つきで囁《ささや》いた。

「あなた、初めから私の反則負けを狙っていましたわね？　今回はしてやられましたわ。でも、次はこうはいきませんから覚悟なさって？」

リオンから離れると、表情を一転させて笑顔になり、勇者は観客に手を振って退場した。

リオンは詰めていた息をようやく吐き、額の汗を拭《ぬぐ》う。

よかった……なんとか切り抜けたぞ……

ああ、疲れた……

こうしてリオンは、勇者にその実力を認められ、晴れて第三王女の護衛となったのである。


親善試合のあと、貴賓席では――

「おつかれさまでした」

戻ってきた勇者ジゼルを見て、銀髪の少女が彼女を労《ねぎら》った。

ジゼルは一度肩をすくめると、口を開く。

「私としたことが、してやられましたわ。まさか試験のルールを逆手に取るなんて……。正直、実力を見極めるところまではいきませんでしたけれど……まずかったかしら？」

そう尋ねる勇者に、少女は首を振った。

「いいえ。元々、あなたが認めるほどの実力者なら護衛にしてもいいと考えていました。それに、あの若者が持ってきた推薦状も本物だったようですから。……そうよね？」

銀髪の主《あるじ》の問いに、隣で控えていた老執事が口を開く。

「はい。封印付きの推薦状でしたので、偽造された可能性はほぼございません」

護衛試験への参加には、王国に十年以上住んでいる国民からの推薦が必要なのだ。

リオンが提出したのは、間違いなく信頼のおける人物からの推薦状だった。

勇者が改めて尋ねる。

「推薦者は辺境の冒険者ギルドのマスターでしたわね？」

老執事がうなずき、書状に目を落とした。

「さようでございます。推薦文では『リオンはどこで習ったのか剣技に優れ、身体能力もずば抜けて高い。村々を襲う魔物を狩り、人々からの信頼も厚い』とのことです。ギルドマスター本人も『彼には何度も助けられた。感謝してもしきれない』と記しております。詳しい調査は必要でございましょうが、いまのところ、彼の背後に権力者の影は感じられません」

銀髪の少女がうなずく。

「誰かが送り込んできた可能性は低いということね……冒険者登録は？」

「それが……リオン名義での登録はございませんでした」

執事の言葉に、少女が意外そうに言った。

「登録していないの？」

「はい。同名の者は複数おりましたが、当人ではありませんでした」

それを聞いて、勇者も首をひねる。

「彼の実力なら、冒険者登録をした方が実入りもいいでしょうに……なぜ登録していないのかしら？」

老執事が書類を見て、付け加えた。

「勧誘を避ける目的があったのかもしれませんね。ほとんど単独で活動していたようですし、人目につかない場所でひっそりと暮らしていたようでございますから」

少女が考えながら口にする。

「つまり、あの若者には、何か隠しておきたい秘密がある……？」

勇者がうなずいて続けた。

「それはあり得ますわね。彼、まだ本当の力を見せていませんもの。彼なら決勝戦も余裕で勝てたはずですわ。辛《かろ》うじて勝ったように見えますが、すべて演技でしょう」

「あれが演技……？」

勇者の言葉を聞いて、少女は軽く息を呑む。

決勝戦は確かにぎりぎりで勝ったように見えた。

あれが、全部、演技だったというの？

あの若者は一体、何者なのか……

少女はしばらく考えたあと、背もたれに体を預け、一つ息を吐いた。

まあいい……いま考えても仕方がない。

とにかく、軽々にあの若者を信頼しないことだわ。

そもそもこの試験は、貴族たちから護衛を押しつけられないようにするためのもの……

その目的は果たせた。今回はそれで良しとしましょう。

それに……

少女は、自分の左手の甲に目を落とす。

私に護衛など必要ない。

自分の身は、自分で守れるのだから……

少女は椅子《いす》から立ち上がると、勇者ジゼルに礼を言った。

「今回は助かりました。面倒なことを頼んでしまってごめんなさい」

ジゼルも立ち上がると、かしこまって頭を下げる。

「いいえ。今は私も様々な王族の方たちと関わり合う時期……お役に立てたなら望外の喜びですわ——殿下」

＊　＊　＊

翌日、宿に滞在していたリオンは、王家からの手紙を受け取った。

急いで手紙を開けて読むと、第三王女の屋敷に来るよう命じる内容だった。

リオンはその手紙を何度も読んで、喜びを噛み締める。

いよいよ、この日が来た。

ようやく彼女に会える！
リオンはさっそく荷物をまとめると、宿を出て、王都内にある王女の屋敷に向かった。
道すがら、街の人たちが声を掛けてくる。
昨日の試合を見て、リオンを知った人が少なからずいるのだ。
「セレスティア様の護衛の人だろう？　王女様を頼むよ！」
「あの方はほんとうにお偉い方なんだ。ちゃんとお仕えしないといけないよ」
老若男女を問わず、民たちはリオンを叱咤激励《しったげきれい》した。
本当に民に慕われているんだな……
リオンは、そんな民たちを見てとても嬉しく思った。
街の人たちと言葉を交わしたあと、リオンは屋敷に急ぐ。
第三王女セレスティアの屋敷は、王都の東地区にあった。
え……ここが？
まさかとは思ったが、屋敷を見て、周りを確かめ、リオンは驚きに息を呑み込む。
「そうか……ずっと、この家を守ってくれていたのか……」
リオンは思わず込み上げてくる熱いものを、歯を食いしばって堪えた。
セレスティア王女の住まいは、リオンもよく知る屋敷だったのである。
リオンは懐《なつ》かしさで胸がいっぱいになった。

この屋敷をもう一度見ることができるなんて……
それだけでも、王都に戻ってきた甲斐がある。
リオンは目元の涙を拭って気を取り直すと、門扉に詰めていた衛兵に手紙を見せた。
衛兵が扉の前までリオンを案内すると、中から老執事が出てきた。
「リオン様でございますね。私はアルベルト。当屋敷の筆頭執事でございます」
「こんにちは、アルベルトさん。リオンです」
「これからセレスティア様の執務室にご案内します」
そう言うと、アルベルトという執事は屋敷内にリオンを案内した。
屋敷に入ると、中は掃除が行き届き、侍女たちがきびきびと働いていた。
深く息を吸い込むと、懐かしい匂《にお》いが胸いっぱいに広がる。
十年ぶりにこの家に戻ってきたことを、リオンは改めて実感した。
一階の廊下の突き当たりが王女の執務室だという。
……ああ、この書斎を使っているのか。
執事の後に続いて、リオンも部屋に入った。
室内に入ってまず驚いたのが、その蔵書の数である。
昔もたくさんの本があったが、今はその比ではなかった。
壁一面が書棚になっており、古今東西の様々な書物が並べられていた。

書物の中にはとても希少で高価なものも少なくない。

正面には重厚な執務机があり、書類の束《たば》が積んであった。

年若い王女の仕事量とは思えなかったが、彼女は孤児院の運営やその他の事業にも携わっているといと聞いており、そういう類《たぐい》の書類なのだろうとリオンは思った。

「平伏してお待ちください。セレスティア様をお呼びいたします」

老執事が言うと、奥の扉を開けて、中に入っていった。

そちらに控え室があることを、リオンは覚えている。

リオンは執務机の前に膝をつくと、試合の時よりもよほど緊張した面持《おもも》ちで頭を下げた。

王女が来る間、リオンは幼いころの記憶を思い出す。

彼女とはよく一緒に寝ていたな……

怖がりだった彼女は、そのころよくベッドに潜り込んできていたのだ。

「私より先に寝たらだめだからね」そう言う彼女が眠るまで、リオンはずっとその寝顔を見守っていたものである。

懐かしい……あれからもう十年か……

扉が開く音に我に返ると、静かな足音が近づいてきた。

リオンは体を固くして、もう一度、深く頭を下げる。

どこかで嗅《か》いだことのある花のような香りが、リオンの鼻孔をくすぐった。

椅子に腰掛ける音がすると、老執事が告げる。

「エルデシア王国第三王女、セレスティア・ネイ・エルデシア殿下です」

続いて、鈴の音のような声がリオンに掛けられた。

「面《おもて》を上げなさい」

確かに記憶にあるその声に、リオンはゆっくりと顔を上げる。

机の向こうの王女を見て、リオンは息を呑み、目を見張った。

彼女は、とても美しく成長していた。

幼いころはやや黒みがかっていた髪は色が抜け、輝くような銀髪になっていた。瞳からも色素が抜け、今では青みがかったものとなっている。

輝く銀眼がリオンを見ていた。透き通るような白い肌に、その瞳の色がよく似合っている。

第三王女セレスティアは、この国に二人しかいない銀髪銀眼のうちの一人だった。

リオンは不意に込み上げてくるものを、奥歯を噛み締めて押さえ込む。

心の中で声を上げた。

ああ……ティア！

面立《おもだ》ちがそっくりだ。記憶の中の——母さんに！

辺境で魔物を狩って暮らしている若者リオン。

『リオン』は、本名から取った偽名だった。

彼の本当の名は――レオンハルト。

レオンハルト・ヴァン・エルデシア。

中央大陸随一の大国、エルデシア王国の第五王子である。

第三王女セレスティアは、彼の実の妹であった。

リオンは十年前に魔境に捨てられ、妹と生き別れになったのだ。

二人の髪と瞳の色は、東大陸出身の母から受け継いだものである。

そして、この屋敷は、二人の母ルシオラ・マギア・エルデシア第三妃が所有していた、かつての我が家だった。

震えないように体を固くしたまま、リオンは心の中で思う。

ティア……いままでよく無事で……

ティアとはセレスティアの愛称で、家族や親しい者にしか許していない呼び名である。

リオンは妹の姿を見て、心の底から後悔した。

もっと早く会いに来ればよかった。

俺がいない方が妹のためだと思っていたが、それは勝手な思い込みだった。

たとえ正体は明かせなくても、側《そば》にいるべきだったんだ。

俺がいない間、どれほど苦労しただろう。

どれだけの辛《つら》い夜を一人で過ごしたことだろう。

この時、リオンは決意した。

もう絶対に、妹を危険な目に遭わせたりしない。

ティアが安全に生きられる場所を俺が用意しよう。

もし、この国で一番安全な場所がこの国の玉座なら——

リオンは内心で強くうなずく。

俺はティアを王にする！

老執事が王家からの通達を読み上げた。

「辺境のリオン。貴君をエルデシア王国第三王女、セレスティア・ネイ・エルデシアの専属護衛に任命する。任期は三年とするが、王女の裁量により適宜変更されるものとする」

「はっ！　謹んで拝命いたします」

老執事が諸々《もろもろ》の書類の処理を済ませると、リオンに言った。

「殿下から御言葉がございます」

「は、はいっ！」

緊張で声が震えた。

妹からどんな言葉がもらえるのか、リオンは固唾を呑んで、王女の顔を見つめる。

自分の心臓の音が、耳の奥でやかましく響いていた。

何を言ってくれるのだろう？　どんな言葉を掛けてくれるのか。

ティアは優しい子だったから、怪我がないか聞いてくれるかもしれない。

体は大丈夫か、ちゃんと休めたかと労ってくれるのではないだろうか。

そう言われたら、俺は「まったく問題ありません。すぐにでも護衛として働けます」と胸を張って答えよう。

あるいは……そう、勇者との戦いを褒《ほ》めてくれるかもしれないな。

俺が勇者戦で何を考え、どう策を巡らせたか、ぜひ聞いてもらおう。

ティアはいちいち驚いたり、笑みを浮かべたりして、俺の話を聞いてくれるだろう。

これから護衛になる俺が、どれほど頼りになるか知っておいてもらいたい。

いや、ひょっとすると、生き別れた兄と歳《とし》が近い俺に……いや俺が本人だから当然なんだが……親しみを感じて慕ってくる可能性もあるのか……

そうなったらどうしよう?

「一緒に散歩をしながら話しましょう」とか「お茶でも飲みながら今後のことを相談しませんか?」とか乞われたら、一体、俺はどうすればいい!?

そこで、リオンは内心、首を振る。

いや……今の俺はただの護衛で、ティアは王国の第三王女だ。

王女と護衛がそこまで仲良くなるわけにはいかない。

主従には、やはり適切な距離が必要だろう。

ここは心を鬼にする必要がある。
どんなに慕われても、兄妹には戻れない。
辛いだろうが、分かってもらうしかないな……
リオンは自分の想像に涙ぐみそうになる。
ごめんよ、ティア。俺は護衛としてずっと側にいるから、その関係で我慢して欲しい。
不甲斐ない兄を許してくれ……
そこまで一秒に満たない時間で考えたところで、王女がすっと息を吸った。
リオンはハッとする。
ついに……ついにティアから言葉がもらえる！
王女の唇がゆっくりと動き始める。
彼女の言葉は——
「私は護衛など信じない。分かったら、私に近づかないで」
セレスティア王女は冷たくそう言い放つと、さっさと部屋を後にした。
ばたんと控え室の扉が閉まると、執務室が急に静かになる。
何を言われたのか、よく分からなかった。
…………は？
リオンは口を開けて呆《ほう》けていた。

老執事アルベルトがやや済まなそうな顔をして、リオンに言う。

「殿下の御言葉は以上です。用意された部屋に下がり、職務の準備を整えてください」

執事の声は、リオンの耳に入らなかった。

…………あれ？

「あの……そろそろ退室してもらえませんか？」

リオンはしばらく、ぼう然と、部屋の中央で固まっていた。

……えっと……ティア、さん？

こうして十年ぶりの兄妹の再会は、感動的ではなかったが、たいへん印象深いものとなったのである。

第二章 × 貴族学校と暗殺者

エルデシア王国、西方国境地帯。

魔境の最奥——墓所。

古代の霊廟《れいびょう》には似つかわしくない小綺麗《こぎれい》な出で立ちの男が部屋を見回していた。

その学者風の男は空になったリオンの寝室を見て、小さなため息をつく。

男の輪郭は、うっすらと光を放っていた。

『リオン坊を行かせてしまって、本当によかったんだろうか……』

彼は独り言をいうと、部屋を出て、廊下を先へと進む。

石造りの通路の奥に、ひときわ広く、天井《てんじょう》の高い空間があった。

そこには、黒く、巨大な墓標が立ち並んでいる。

墓標の数は十基。

もし、エルデシアの歴史学者が墓標に刻まれた銘を見たら、卒倒するか、腰を抜かすかするだろう。

あるいは偽物だと一笑に付すかもしれない。

それほど、墓標に刻まれた名はあり得ないものだった。

大広間には、何人かの男たちの姿が見える。

彼らの輪郭もぼんやりと光っていた。

ローブ姿の男が、近づいてきた学者風の男に気づき、手を上げる。

『やあ、ウェルナー。また、あの子の部屋を見に行っていたのかい？』

『……おかしいですか？』

ウェルナーと呼ばれた男が答えると、ローブの男は肩をすくめた。

『そんなこと言ってないさ。私もたまに覗《のぞ》きに行くからね。君が寂《さび》しがる気持ちも分かるよ』

ウェルナーは意外に思って尋ねる。

『シオネルも寂しいと感じることがあるのですか？』

シオネルと呼ばれたローブの男が微笑《ほほえ》んで言った。

『もちろんだとも。あの子とは十年も一緒にいたからね。まあ、私たちの時間の感覚はもう人とは違うけれど……。刺激のない千年に比べれば、実に濃密な十年だったよ』

『確かにそうですね……』

シオネルの言葉にウェルナーがうなずくと、他《ほか》の者たちも同意するように身動《みじろ》ぎした。

彼らは人ではない。

いわゆる霊魂である。

生前の姿を保っているだけでなく、意識を持ち、物に触れることさえできた。

それほどまでに強力な魂なのである。

その気になれば壁を通り抜けることもできたが、リオンが墓所に来てからは、驚かしてしまうため、壁抜けや床抜けは禁止になった。

皆が廊下を歩いたり、壁に寄りかかっているのは、その約束を守っているからである。

ウェルナーが誰《だれ》に言うともなくつぶやいた。

『リオン坊が出ていって、もう一週間ですか……』

シオネルも珍しく、小さなため息をつく。

『あの子がいないと、することがなくて困ってしまうよ。ねえ？』

むう、と他の者たちも唸《うな》り声で同意した。

リオンが残していった手紙には、一人ひとりへの感謝の言葉とともに、妹が暗殺者に狙《ねら》われたこと、王都に戻ること、そして、正体を隠して妹の護衛になることが書かれていた。

彼らは皆、リオンの事情を知っている。

いずれ、こんな日が来るかもしれないと思っていたのだ。

だから彼らはリオンを引き止めなかったのである。

リオンの手紙を読んで、彼らはそれぞれにリオンとの出会いを思い出していた。

彼らがリオンと出会ったのは十年前のことである。

その日、リオンは魔境に捨てられた。
王族なら誰もが持っているはずの徴《しるし》を、リオンが持っていなかったからである。
その徴を〈王家の紋章〉という。
シオネルが呆《あき》れたように口にした。
『徴がないからといって子どもを捨てるなんて……この国も堕《お》ちたものだよ』
ウェルナーが不快感をあらわにして同意する。
『本当に。「紋章なしの王族は不吉の前兆」なんて誰が言い出したんでしょう？』
『戯言《ざれごと》だねえ。まあ、そのおかげで、私たちはあの子と会えたわけだけど……』
広間にいた皆が、それぞれに複雑な表情を見せる。
リオンが墓所にたどり着けたのは、ただの偶然だった。
魔物に追われ、魔境を奥へと進み、死ぬ間際《まぎわ》に迷い込んだのがこの墓所だったのだ。
墓所には強力な結界が施されており、魔物は近づくことができない。
その上、体力を回復し、怪我《けが》を治癒できる泉があったのだ。
この墓所の存在がなければ、リオンはその日に命を落としていただろう。
彼らは、偶然迷い込んできたその子どもを保護し、育てることにした。
かわいそうに思ったからではない。
ただ、暇だったのだ。

悠久《ゆうきゅう》の時を過ごす霊魂にとって、リオンは格好のおもちゃだったのである。

彼らは面白《おもしろ》がって、リオンに様々なことを教えた。

しばらくしてリオンに才能があることが分かると、彼らはいよいよ、ありとあらゆることを教え込んだのである。

ウェルナーが暗い声で言う。

『リオン坊は人丈夫でしょうか？　正体がバレたらと思うと心配で……』

壁にもたれ、目を閉じていた剣士風の男が口を開いた。

『ウェルナーよ、あれのことなら露ほどの心配もいらぬ。拙《せつ》の抜剣術をすべて教え込んであるゆえな。たとえ勇者が束《たば》になろうとも、あれが敗れる道理なし』

『ガイスト……僕は負ける負けないの話をしているのではないんですがね？』

ウェルナーが呆れ顔で言うと、精悍《せいかん》な顔つきの優男《やさおとこ》が口を挟む。

『ガイストは面白いことを言うねえ。いざというとき、坊が頼りにするのは間違いなく槍《やり》だと思うよ？　坊には槍の才がある。だいたい剣では槍に勝てないだろう？』

そこへ、今度は格闘家風の男が割り込んできた。

『ガイストも、デニオンも、さきほどから何を言っておる？　あやつには儂《わし》の格闘術を叩《たた》き込んであるのだ。武器がなければ戦えぬような男に育てた覚えはない！』

ガイストと呼ばれた男が、ただならぬ気配を放ち、剣の柄《つか》に手をかける。

『……二人とも聞き捨てならんな。その方らの攻撃が届く前に、拙の剣が、百度その方らを斬《き》り刻むだろう』

デニオンと呼ばれた優男が目を細めた。

『へえ、試してみようか？　時間もあることだしさ。ボルドもやるかい？』

格闘家風の男ボルドも、首をぽきぽきと鳴らして前に出てくる。

『いいだろう。ちょうど体がなまっておったところだ！』

三人から凄《すさ》まじい闘気がほとばしり、墓標のある広間全体が震え始める。

そこに人がいれば、その殺気に当てられ、気絶していただろう。

そんな一触即発の三人をシオネルが一喝した。

『やめなさい、三人とも！　見苦しい。私たちが仲違《なかたが》いしてどうするのですか。私たちは皆、あの子の育ての親なのですよ？　もっと威厳をお持ちなさい！』

三人はぐっと踏みとどまると、小さく唸って渋々離れる。

対等な関係でいる約束ではあるものの、やはり年長者の言葉には重みがあるのだ。

シオネルが心配顔のウェルナーに言う。

『ウェルナー、そんなに心配しなくても大丈夫さ。顔立ちだって随分変わった。今のあの子を見て、幼いころのあの子と結びつける者はいないだろう。……それに、あの子は賢い。どんなことがあっても自分で何とかするさ。そういう子に育てたはずだろう？』

そう諭すシオネルに、ウェルナーはまだ納得していないような顔で言った。

『それはもちろんそうですが……僕は染色薬が足りなくなるんじゃないかと思って心配なんです。あれは魔境で採れる薬草でしか作れませんからね。銀髪銀眼だとバレたら、どんなひどい目に遭うか……』

それには皆も同意したようで、むうと唸り声を上げた。

髪や瞳《ひとみ》の色が元に戻ってしまうのは、リオンにとっては致命的である。

もし、捨てられたはずの第五王子だとバレたら、リオン本人だけでなく、妹のセレスティアにまで累《るい》が及ぶかもしれなかった。

紋章を持たない王族は、それほどまでに忌避《きひ》されているのである。

だが、それを聞いて、シオネルは事も無げに言った。

『ああ、それなら大丈夫。あの子の鞄《かばん》に大量の薬草を入れておいたからね』

ウェルナーが目を見開く。

『え！　あの薬草を⁉　そ、そうか、あの鞄は〈無限収納〉でしたね。さすがはシオネル！』

リオンが持っていった鞄は、いくらでも物を入れられる〈無限収納〉機能のついた魔道具だった。

鞄の中は時間が止まっており、薬草を入れても鮮度を保てるのである。

『ふふ……さっそく親としての力量の差が出てしまったかな？』

シオネルが、剣豪ガイスト、槍術家デニオン、格闘家ボルドの三人に目をやり、得意げな表情を見せる。

武闘派の三人が不機嫌そうに唸り声を上げた。

ウェルナーがホッとしたような声で言う。

『それなら素材の心配はないですね。あとは作り方ですが……』

シオネルがすぐに答えた。

『それも問題ないよ。分からないところがあったら開発者の私が教えるから』

この言葉には皆も驚いた。

「え！　どうやってですか⁉」

ウェルナーが慌《あわ》てて尋ねると、他の三人もシオネルに目をやる。

シオネルは面白そうに答えた。

『実は、あの子の鞄に通信用の魔道具も忍ばせてあってね』

ウェルナーが目を見開いて尋ねる。

『通信用の魔道具⁉　で、では、それでリオン坊と話せるのですね！　その魔道具は今どこに⁉』

『え？　魔道具がどこにあるかって？　それなら……』

四人が見つめるなか、たっぷりと時間を置いたあと、シオネルはにやりとして言った。

『教えて……あげませーん！　あの子の声を最初に聞くのはこの私ですからね、ふふ』

四人はシオネルを睨《にら》むと、一斉に声を上げた。

「「「「ずるい！」」」」

＊　＊　＊

よし……周囲に敵意や殺意は感じられない。

問題なしだ。

リオンは屋敷の屋根から音もなく飛び降りると、念のため敷地内を巡回する。

ここは第三王女セレスティアの屋敷。深夜。

王女の護衛となってすでに一週間ほどが経《た》ち、護衛任務にも慣れてきていた。

リオンは屋敷一階の宿直室を与えられ、そこで寝泊まりしていた。

初日に、本人から思いきり拒絶されてショックを受けたものの、護衛として王家に雇われたことには変わりない。

任期は三年。だが王女の要請があれば、もっと早く解任される可能性もあった。

リオンは裏庭を見回りながら、考えを巡らせる。

護衛を辞めさせられれば、妹の側《そば》にいることができなくなる。

そうなれば、彼女を守ることさえ難しい。

まずは護衛として認めてもらわなければ！

リオンは屋敷に入ると、邸内を見回る。

屋敷には、先日会った老執事、門扉を守る衛兵の他に侍女が何人も働いていた。

侍女には年若い者が多く、聞けば、孤児院から優秀な孤児を雇い入れているのだという。

王女は孤児のために働き口もあっせんしているのだ。

リオンはうんうんと深くうなずく。

さすがは俺《おれ》の妹だ！

リオンは侍女たちとも打ち解けようとしたが、なぜか彼女たちはリオンを警戒していた。

執事のアルベルトに尋ねると、彼は渋々といった様子で教えてくれた。

「セレスティア様の暗殺未遂は、前任の護衛が犯人だったのです。ですから、セレスティア様があなたを信じないのも、侍女が警戒するのも当然のことなのですよ。無論、私もです」

リオンは妹の寝室の前で立ち止まる。

室内に異常がないことを気配で確かめると、一つ息をついた。

扉を見つめながら、リオンは護衛の件を聞いたときの憤りを思い出す。

主《あるじ》を守るべき護衛が裏切るなんて……なんてことだ！

ティアが護衛を信じないのも無理はない。

そして、そのことを聞いて、リオンは先日の護衛試験の奇妙さに納得がいっていた。

なぜ、公開試験という前代未聞の方法で護衛を選んだのか?

それは、公の場で試験をすれば、裏で工作することが難しくなるからである。

通常、護衛は王侯や騎士団からの推薦で決まる。

推薦されれば、その護衛がどのような人物であっても受け入れざるを得ない。

彼女はそれを避けようとしたのだ。

その上で、さらに王女は勇者に頼み、優勝者の実力を確かめさせた。

いざとなれば、実力不足という理由で、護衛の採用を見送る手立てまで用意していたのである。

リオンは妹の頭の良さに心底感心する。

だが……そこまで警戒しなければならないのも辛《つら》いことだろう。

扉の向こうの妹を思い、リオンは心の中で告げた。

安心してくれ、ティア。俺は絶対にティアを裏切らない。

お前を守り、敵を排除し、必ず幸せに生きられる場所を用意しよう。

ティアは、俺のたった一人の大切な妹なのだから……

リオンは心の中でうなずくと、寝室の前から立ち去ろうとした。しかし——

う……!

リオンは、自分の手が、無意識に扉を開けようとしているのに気づいて愕然とした。

いけない！　また体が勝手に！

実は、リオンは巡回のたびに、妹の寝顔を見たいという衝動と戦っているのだ。

彼の技能を持ってすれば、妹に気づかれずに寝室に忍び込むことなど造作もないのだ。

リオンは自分の手首を摑《つか》み、力の限り押し止める。

鎮まれ！　鎮まりたまえ俺の右腕よ！

俺は護衛だ！　護衛が主の寝室に侵入するなどあってはならない！

……だが、妹の寝顔を見たいというのは、兄としては当然のことではないだろうか……？

いや駄目だ！　何を考えている！

……しかし、どうだろう？　主が無事かどうか確認するのも任務の一つと言える……

なにを馬鹿《ばか》なことを！　そういうわけには！

……でもちらっと見るくらいなら……

リオンは悩み、苦しみながら、寝室の前で手首を摑み、体をくねらせた。

うう……俺は一体、どうすればいいんだ！

リオンが廊下でもだえていたころ、ネズミが一階の窓辺にやってきた。

窓が音もなく開き、人影が姿を現す。

人影は、ネズミにくくりつけられていた手紙を外すと、目を走らせた。

途端にその表情が強張る。

「そんな……今さら殺せと言うの⁉　……でも、従わなければ皆が……」

人影は体を震わせると、手紙に火をつけた。

その明かりに照らされた美しい顔は、苦しげに歪《ゆが》んでいた。

＊＊＊

「ティア様、お手をどうぞ」

「ありがとう、クレハ。クレハは今日も綺麗ね」

「や、やめてください、もう！　怒りますよ？」

王女がそんな彼女を見て笑う。

美しい女子生徒が顔を赤らめながら、王女の手を引いた。

リオンも御者席から降り、彼女たちの後を追う。

ここは、貴族の子女とその側近たちが通う王立貴族学校。

三百年以上の歴史を持つ、伝統と格式のある学校である。

貴族の家に生まれた者は、十三歳になると、この学校に入学するのが習わしだった。

もちろん王族も例外ではない。

セレスティアは今年入学した一年生であり、隣の女子も同学年の生徒だった。

王女のことを「ティア様」と呼ぶ、その女子生徒はクレハ。

屋敷の侍女として働きながら、王女の側近候補として、この学校にも通っていた。

深い藍色《あいいろ》の髪は長く、綺麗に整えられている。やや切れ長の目に橙色《だいだいいろ》の瞳。いつもは無表情で、冷たい印象さえ与える美人だったが、王女の前でだけは年相応の笑顔を見せた。

彼女は一年以上前に孤児院から送られてきた侍女で、その優秀さを買われ、将来の側近候補として期待されているのだ。

仲の良い二人の様子を見て、リオンは思わず目を細めた。

妹がティアと呼ばせるのは珍しい。

きっと、このクレハという子には心を許しているのだろう。

こんな子が妹の近くにいてくれて本当に良かった……

リオンはしみじみとうなずく。

その様子を見て、セレスティア王女が冷たい視線を向けた。

「またにやにやしてる……気持ち悪い……」

「気持ち悪いのは同意しますけれど……いささか可哀想《かわいそう》な気もしますね」

リオンが二人に近づこうとすると、セレスティアが手で制して止めた。

あまり近づくなという意味である。

この一週間ほど、リオンはずっと王女から距離を取って護衛を務めていた。

リオンが悲しそうな表情を浮かべると、クレハが一つ息をつく。

「ティア様、護衛なのですから、もう少し近づけてもいいのではありませんか？」

セレスティアはちらりとリオンを見ると、首を振った。

「いやよ。彼を信じる理由がないもの。これ以上、近づける気はないわ。クレハも、あの人とあまり仲良くしないでちょうだい」

王女には、一度決めたら納得しない限り決断を翻《ひるがえ》さない頑固さがあった。

それが母親譲りのものだと、リオンは知っている。

「……だそうです。申し訳ありませんが、そこから護衛の任務を果たしてください」

クレハはリオンを一瞥《いちべつ》すると、興味がなさそうな表情で言った。


休み時間――

王女とクレハ、護衛のリオンが廊下に出ると、多くの生徒が目を逸《そ》らし、道を開けた。

クレハが珍しく不快そうに言う。

「少し前まではティア様にすり寄っていたというのに……事件があったら、すぐ離れていくなんて節操がなさすぎでしょう！」

事件とはもちろん、先日起こった王女の暗殺未遂事件である。

巻き込まれたくないと思ったのだろう、王女に近づこうとしていた貴族の子女たちは、事件の後、何かと理由をつけて離れていった。

元々、貴族学校では、平民と親しく交わる王女の評判は芳しくない。

王家の威信に傷がつくと批判する声さえあり、学内では孤立気味であった。

民たちに絶大な人気を誇る彼女も、保守的な貴族たちには敬遠されているのだ。

だが、セレスティア本人は、この事態を特に気にしていない。

それどころか、むしろ歓迎していた。

王女がクレハに諭すように言う。

「いいこと、クレハ。こんな状況だからこそ、その人の本当の姿が分かるのよ？　私をお手軽に利用しようとしていた人たちは、みんないなくなったわ。その人たちは元々信ずるに値しない人たちだったのよ。旨味《うまみ》があれば近づき、それが無くなればいなくなるのだから」

王女の意外な考えを聞いて、クレハは深くうなずいた。

「そういう考え方もあるのですね……。では、逆に信用できそうなのは、今も変わらずティア様に接してくださる方たちということでしょうか？」

「そのとおりよ」

「……考えが及ばず、申し訳ありません」

王女はクレハを見ると、小さく首を振る。

「構わないわ。クレハには少しずつ学んでいって欲しいの。私の側近候補なんだから」

「恐れ入ります」

そんなことを二人が話していると、廊下の向こうから生徒の一団が歩いてきた。

クレハの顔が露骨に曇る。

一団の先頭にいた男子生徒が、周りに聞こえるような大きな声で話しかけてきた。

「やあ。誰かと思ったら、セレスティアじゃないか。周りに誰もいないから気づかなかったよ。今日もお供はその平民だけかい？　寂しいものだね」

彼がにこやかな笑みで嫌味を言うと、取り巻きたちがくすくすと笑う。

男子生徒は髪をかき上げると、見下すような視線を王女に向けた。

彼の名は、ヘルマン・ガル・エルデシア。

この国の第六王子であり、同い年ではあるものの、セレスティアの義兄に当たった。

彼は身体能力に優れ、剣の腕も相当なものだったが、いかんせん魔力が少ない。

事あるごとに魔力の多いセレスティア王女と比べられるため、彼女に嫌味を言って鬱憤《うっぷん》を晴らしているのである。

「なんて口を……！」

クレハがその物言いに眉根《まゆね》を寄せ、今にも第六王子に食って掛かりそうになった。

王女はクレハの手にそっと触れ、彼女を止める。

平民のクレハが王族に非礼を働けば、王女と言えども庇《かば》いきれないのだ。

ヘルマン王子が、笑みを崩さずに続ける。

「暗殺事件の影響は大きいみたいだね。何なら僕の従者を貸してあげようか？　あ、でも僕の従者には平民がいないか……セレスティアの好みではないかもしれないね」

取り巻きたちが顔を見合わせ、ぷっと吹き出した。

だが、セレスティアは意に介さず、素直に頭を下げた。

「ご心配ありがとうございます、ヘルマン義兄様。私なら大丈夫です」

動じない王女を見て、ヘルマンはさらに言う。

「それで今度は田舎者《いなかもの》の……失礼、辺境出身の孤児を護衛に雇ったって？　あのずっと後ろにいるあれがそうかい？　ぷっ……あの距離で護衛が務まるのかな？　まあ、なんにせよ――」

ヘルマンが王女に顔を近づけた。

「今度は裏切られないといいな？」

あまりの言葉に、さすがの王女もわずかに気色ばんだ。

そのときである。

「痛っ！　――おい、貴様！　何をする⁉」

突然、ヘルマンが声を上げた。

ヘルマンの取り巻きの一人が、慌てて首を振る。

「え？　私は何もしておりませんが……」

「嘘《うそ》をつけ！　今、肩を叩いただろう――痛あああっ！」

今度は腹を押さえ、ヘルマンは苦しげにうめくと、声を荒げた。

「お、お前か⁉　今、腹を――ぎゃああっ！」

ヘルマンは胸を押さえて、痛みに膝《ひざ》をつく。

王女は目の前で何が起こっているか分からず、義兄に尋ねた。

「あ、あの……ヘルマン義兄様？　一体何を……」

それを聞いて、ヘルマンが怒りの表情で声を上げる。

「ま、まさか、お前の仕業か⁉」

「は？　何をおっしゃっているのか……」

「黙れ、この！」

ヘルマンが、王女に手を伸ばした瞬間――

「……へ……？」

王女の目の前で、ヘルマン王子が間抜けな声を出して宙を舞っていた。

こんな風に人が逆さまになっているところを、王女は見たことがなかった。

床に投げ落とされ、腕をひねり上げられたところで、ヘルマンが声を上げる。

「いだだだだだっ！　な！　な⁉　なにをずるうううっあだだだだ！」

その叫び声を聞いて、王女はようやく何が起こったのか理解した。

護衛のリオンが、ヘルマン王子を投げ飛ばしたのである。

王女も、隣にいたクレハも、驚きに目を見開いた。

ずっと後ろの方にいたはずのリオンが、いつの間にか目の前にいたからである。

リオンが静かに言った。

「ヘルマン殿下。セレスティア様にお手を触れぬようお願いいたします」

「ななな、なんだとおおおおっ⁉」

取り巻きや護衛たちも、突然の出来事に反応できない。

ヘルマンが苦悶《くもん》の表情で、声を荒げた。

「お、おい、貴様！　腕を離せ！　僕を誰だと思っている⁉　この国の第六王子だぞ！　先に手を出したのはお前の方だと訴えるからな！」

リオンは平然と答える。

「恐れながら……セレスティア様に手を出されたのは、ヘルマン殿下が先でございます」

「その証拠がどこにある⁉　そこまで言うなら証人を出してみろ！」

遠巻きに見ていた生徒たちが、一斉に目を背けた。

誰しも王族の不興は買いたくないのである。

ヘルマンは苦しげにしながらも、にやりと口の端を上げた。

取り巻きたちが顔を見合わせると、にやにやして声を上げる。

「そうだそうだ！」「この護衛が先に手を出したよな⁉」「ああ、私も見た！」

リオンは、騒ぐ取り巻きたちを見て一つ息を吐くと、廊下の先を指差してみせた。

「分かりました。証人なら……あそこにいらっしゃいます」

「はあ⁉　なにを言って――」

ヘルマンや取り巻きたちが廊下の先を見て、絶句する。

廊下の向こうから歩いてきたのは、従者を連れた赤い髪の女子生徒だった。

優雅に歩く彼女が、涼やかな声で言う。

「ごきげんよう、ヘルマン殿下。私、あちらの廊下から一部始終を見ておりましたけれど……どちらが先に手を出したか、申し上げてもよろしいのかしら？」

その生徒は、王族ですら敬意を払うべき存在――

赤髪の女勇者、ジゼル・アリア・クレージュであった。

彼女はこの学校の二年生なのである。

ヘルマンは床に倒れたまま、しどろもどろで弁解した。

「そ、それは……この護衛が……！」

勇者ジゼルは、取り巻きたちをじろりと睨むと、しばらくして息をつく。

「リオン、離しておあげなさい。――殿下たちはもうお行きになって。このことは私の胸に納めておきますわ」

リオンがヘルマン王子を離すと、一行は慌ててその場を去っていく。

途中で王子が振り返ると、リオンを憎々しげに睨んだ。

「護衛の分際で……覚えてろよ！」

そう捨て台詞《ぜりふ》を残すと、王子は廊下の先に消えた。

リオンは王女と勇者に頭を下げると、すぐに後方へと下がっていく。

廊下の騒ぎが収まったところで、セレスティア王女は勇者に頭を下げた。

「助かりました。この場を収めていただきありがとうございます。ジゼル先輩」

勇者ジゼルが深いため息をつく。

「まったく……私、次はあの方に仕える番ですのよ？　あれにつき合うかと思うと、今から気が重いですわ」

勇者はいずれ、仕える王族を自ら選ぶ。

その見極めのため、勇者には、様々な王族に仕える試行期間が与えられているのだ。

先日、護衛試験の監督官をしたのも、その期間、セレスティア王女にお試しで仕えていたからである。

ジゼルがわざとらしく口元を押さえた。

「あら、私としたことが王家の方をあれ呼ばわりなんて……失言でしたわ。どうか聞き流してくださいませ」

「もちろんです。私は何も聞いておりません」

二人は笑みを交わし合う。

しばらくして、王女は勇者ジゼルに尋ねた。

「それにしても……先ほどのヘルマン義兄様の反応は一体何だったのでしょう？」

勇者は廊下に落ちていたものを拾い上げると、王女に手渡す。

「さあ……誰かが無礼な王族を懲らしめようとしたのかもしれませんわね」

王女は渡されたものを見て、首を傾《かし》げた。

「これは……服のボタン？」

勇者はリオンに目をやる。

護衛にあるまじき距離を取っているリオンを見て、ジゼルは一つ息をついた。

「セレスティア様、まだリオンを疑っておいでですの？　彼は大丈夫ですわよ？　あなたを裏切るような真似《まね》はしませんわ。現に先ほども……いいえ……あの者の実力はこの私が保証いたします。それに剣を交えれば、その人物の人となりも分かりますのよ？　あれは決して悪い人間ではありませんわ」

セレスティアはリオンをちらりと見てから、首を振って言った。

「それでも、何かを隠している新参の者を近づける気はありません。ここしばらくは心を乱されたくないのです」

勇者は王女の懸念に心当たりがあった。

「ああ、もうすぐ紋章式だからですわね？」

「そのとおりです」

紋章式――王族それぞれが持つ〈王家の紋章〉を国民に披露する儀式である。

今年十三歳となり、成人したセレスティアは、今回初めて紋章をお披露目することになっていた。

第六王子ヘルマンも、同じく初の紋章式を迎える。

紋章の大きさや輝きはその者の力を示すため、王位継承権にも大きな影響を与えた。

見事な紋章を披露すれば、それだけで継承順位が繰り上がることさえある。

王族にとって、紋章式はたいへん重要な儀式なのだ。

勇者ジゼルが王女に尋ねる。

「紋章式ですか……。セレスティア様には今回の儀式に懸ける並々ならぬ思いがあるようですわね。なにか、野心がおありなのかしら？」

鋭い視線を投げてくるジゼルに、セレスティアは涼しい顔で答えた。

「まさか野心など。恐れ多いことです」

「……そうですか。差し出口を申しましたわね。それでは私は失礼いたしますわ」

答えをはぐらかされた勇者は、従者とともに王女の前から辞去する。

去り際《ぎわ》、リオンに近づくと肩をがしりと摑んだ。

「ごきげんよう、リオン。……よくも私のことを利用してくれましたわね？」

リオンは首を傾げた。

「……何のことでしょう？」

勇者は、鼻がつくほどの距離まで顔を近づける。

「とぼけるのはおやめになって。私に気づいたから、あんなことをしたのでしょう？　王族を攻撃するなんてやりすぎですわ。私が仲裁に入らなければ、どうなっていたと思って？」

リオンは即座に答えた。

「ジゼル様なら、あのような無礼な振る舞いを許されないと信じておりました」

「ふん、口が達者ですこと。……でも、スッとしたのは確かですわね。あの王子の顔、ご覧になって？」

ジゼルは思い出し笑いをしたあと、リオンを見て目を細める。

「ねえ、リオン。私、あなたにますます興味が湧《わ》きましたわ。今度、本気でやり合いませんこと？　この前の雪辱戦ですわ」

リオンは薄く微笑むと、すぐに答えた。

「勇者様とやり合うなど滅相もございません。自分はただの護衛ですから」
勇者はしばらくリオンを睨みつけたあと、ふっと息を吐く。
「……まあいいですわ。いずれまた戦うときが来るのを楽しみにしておりますわよ？」
そう言うと、彼女は廊下の向こうへ消えていった。
リオンは詰めていた息をようやく吐き出す。
なんとか上手《うま》く収まったな……
しかし、さすがは勇者だ。あの程度の攻撃は見抜くか。
リオンは護衛服の袖口《そでぐち》に目を落とす。
袖のボタンは三つ、なくなっていた。
ヘルマン王子を攻撃したのは、もちろんリオンである。
ボタンを外して、密《ひそ》かに指で飛ばし、ヘルマンに当てていたのだ。
妹に暴言を吐かれて黙っているリオンではないのである。
リオンは気を取り直すと、セレスティアたちの後を追った。
一方、王女は勇者に渡されたボタンを見て、ぽそりとつぶやく。
「……これを飛ばして当てていたということ……？」
王女はもやもやした思いを胸に、ついてくる護衛をちらりと見た。

＊＊＊

数日後――

休日になると、セレスティア王女はクレハとともに城下町へ向かった。

もちろん、リオンも護衛として同行する。

道行く人々が王女の姿を見かけると、道を開け、頭を下げた。

王女が微笑んで手を振ると、皆がわあと声を上げて喜ぶ。

セレスティア王女が民たちに人気があるのは、決してその美しさや親しみやすさだけにあるのではない。

彼女は、国民の声を王国の中枢に届ける仲介役でもあるのだ。

王女はすでにいくつかの提案を王国に認めさせており、町をより安全に、より住みやすいものにするため日々奮闘していた。

そんな彼女が国民に慕われるのは当然のことなのである。

リオンは民たちに歓迎される妹を見て、誇らしい気持ちでいっぱいになった。

「皆さーん！　この子は実は俺の妹なんです！　ティアは綺麗で、賢くて、すごい子なんですよー！」……と叫んでしまいそうである。

しばらく歩くと、孤児院の建物が見えてきた。

建物の入り口近くに小さな像が立っている。
王女とクレハは、その像の前で立ち止まると、短い祈りを捧げた。
「……慈愛の女神ボルドの祝福があらんことを……」
「え！　ボルド⁉　……あ……失礼いたしました……」
その祈りの言葉を聞いて、リオンは思わず声を上げてしまった。
じろりと二人に睨まれてしまい、リオンは取り繕うようにして頭を下げる。
二人が建物に入っていくと、リオンはその女神像に近づいた。
ローブに身を包んだ女神は、天に祈りを捧げるように両手を組み合わせている。
土台の銘にはやはり、〈慈愛の女神ボルド〉と刻まれていた。
……なにこれ……くくく……
リオンは口元を押さえて、笑いを堪《こら》える。
ボルド、慈愛の女神にされてるし！　ぶふぉっ！
リオンはボルドの筋骨隆々の体を思い出し、吹き出してしまった。
彼の知るボルドは、拳《こぶし》一つで戦うことを信条とする最強の格闘家なのである。
あははは！　寄りにも寄って女神って！　お腹《なか》痛いっ！
これはボルドが知ったら怒るだろうなあ……
いまに伝わっている伝説や神話もいい加減なものだとリオンを思った。

まずい、もう行かないと！

リオンは女神像を見上げ、もう一度ぶふうっと吹き出したあと建物に入った。


王女たちに追いつくと、ちょうど奥から初老の女性が出てくるところだった。

女性が笑顔で頭を下げる。

「セレスティア様、お待ちしておりました」

「こんにちは、院長。さっそく打ち合わせを始めましょう」

院長の案内で、王女たち一行は事務室に入った。

建物内は綺麗に掃除されていたが、壁のひび割れや長年の汚れは隠せない。

孤児院には王国から援助金が出ているものの、それだけでやっていくのは厳しいのだ。

王女は、孤児院が自分たちで利益を出せるよう支援を続けていた。

孤児たちに教育を施し、働きに出られるようにするのもその一環である。

「……お試しで働きに出している子たちの評判はどうですか？」

王女が尋ねるのに、院長が笑みを浮かべて答えた。

「ええ。店主からはかなりの好評を頂いておりますよ。うちの子たちは読み書きと簡単な計算ができますからね。どの店でも歓迎されています」

王女は考える素振りを見せる。

「そうですか……それなら、もう少し人数を増やしましょう。うちの子たちの優秀さが分かれば、店主も手放せなくなるはずです」

院長がふふふと笑う。

「おっしゃるとおりです。お試しで安く働きに出して店主が手放せなくなったころに……」

王女がうなずいて続けた。

「正規の賃金で契約してもらいましょう。優秀な子を雇ったが最後、もう元には戻れないですからね」

二人はふっふっふと黒い笑みを交わした。

クレハがうんうんと深くうなずく。

リオンはその会話を聞いて意外に思っていた。

王女は慈善事業をしているのではなく、ちゃんと儲《もう》けを考えて動いているのである。

その儲けが孤児院の資金となり、その資金でさらに教育を施して孤児たちの価値を上げていく。孤児が店で活躍する様子を見れば、教育の価値に気づく者たちも増えていく――

そうやって王女は、足元から王国の教育水準を上げようとしているのだ。

王女が次の案件について尋ねる。

「石鹼《せっけん》の製造はどうなりましたか？」

「ええ……いろいろと試してはいるのですが、まだ固まりませんね。どろどろのままです。

もっと品質を上げませんと……」

王女はすぐに首を振った。

「いいえ。もう品質を上げなくて構いません。どろどろのまま売り出しましょう」

「え？　ですが……」

王女は院長に説明する。

「品質を上げて固形の石鹸を作ってしまったら、既存商会の利益とぶつかることになります。貴族向けの石鹸を作っては駄目なのですよ。下手をすると、製造方法を知るために強引《ごういん》な手を使ってくるかもしれないでしょう？　ですから、孤児院で作る石鹸は、民たちが買えるくらいの値段で、ちょっとした汚れが落ちる程度でいいのです。それに石鹸で大きく儲けるつもりはありません。石鹸は、民の衛生観念を上げるための道具ですからね。手を洗うだけで防げる病気がたくさんあるのです」

院長が驚きの声を上げた。

「な、なるほど！　そういうお考えでしたか。では、近いうちに治療院や精肉店などに持ち込んでみましょう。……ですが、そうなると材料がいささか足りませんね」

王女がクレハに目をやると、クレハは鞄から袋を取り出し、机に置く。

「ティア様からの追加資金です。これをお使いください」

袋を開けると、金貨が入っていた。

院長が声を上げる。

「え！　まさかセレスティア様の持ち出し金ですか⁉　それは受け取れません！」

王女は笑って首を振った。

「いいえ。これは先日の護衛試験の利益です」

「え⁉」

今度はリオンが声を上げてしまい、王女にじろりと睨まれた。

王女が咳払《せきばら》いすると説明する。

「試験の参加費、客席料、模擬武装の貸出料、周りに出す屋台のための場所代も取りましたからね。闘技場の使用料は王国と折半でしたが、それでもかなりの儲けになりました。これでもまだ半分以上は残っているのですよ」

クレハが得意そうに付け足した。

「ですから、集客のために、ティア様も貴賓席《きひんせき》にいらっしゃったのですよね？　ティア様がいると分かれば客席はすぐに埋まりますから」

「……そういうことは言わなくていいのよ、クレハ」

「でも、本当のことではないですか！　勇者様がいらっしゃることも事前に仄《ほの》めかされていましたし、あれはみんな見に来ますよ！」

リオンは開いた口が塞《ふさ》がらなかった。

王女は、自分の安全のために護衛試験を開催しつつ、試験によってもたらされる利益まで考えていたのである。

そういうことだったのか……どおりで興行みたいだと思ったよ！

俺の妹はほんとに天才だな。

院長は深々と頭を下げた。

「セレスティア様のご慧眼《けいがん》にはいつも驚かされます。では、この資金は有効に活用させていただきます」

「ええ。あとはお願いします」

打ち合わせが終わり、一行はまた街に戻る。

リオンは妹の優秀さを目の当たりにし、彼女が、人気があるだけのお姫様ではないのだと改めて痛感した。


次に、王女は街の中心部にある紋章教会に足を運んだ。

紋章教会は、王国の国教である紋章教の教会である。

〈王家の紋章〉を神聖視し、紋章の導きに従うことこそが人の使命であると説くのが紋章教の教えであった。

教会は高い尖塔《せんとう》のある建物で、その横には治療院が併設されている。

正面入口の上部には、見事な紋章が彫り込まれていた。

その紋章は特別なもので、〈起源の紋章〉と呼ばれている。

王国の建国神話では、最初の王に紋章を与えた『起源の王』がいると伝えられていた。

その起源の王が持っていたのが、〈起源の紋章〉だという話である。

リオンはその紋章をしばらく感慨深げに見上げた。

王女一行が教会に入ると、柔和な笑みを浮かべた老神官が出てきた。

「これはこれはセレスティア様、よく来なさった。さあ中へ」

セレスティアが頭を下げる。

「グスタフ様、また寄らせていただきました」

見事なひげを生やした白髪の老人は、顔をしわくちゃにして王女を歓迎した。

彼の名はグスタフ。この王都紋章教会を預かる大神官である。

近日行われる紋章式も、彼が取り仕切ることになっていた。

王女は幼いころから教会を訪れ、グスタフ大神官に悩みを聞いてもらっているのだ。

グスタフは、ふと後ろにいるリオンに気づき、彼女に尋ねる。

「彼が新しい護衛ですかな?」

王女はそっけなく答えた。

「ええ。あの者のことはお気になさらずに」

そんな彼女の様子を見て、グスタフはひげを撫《な》でながら続けた。

「ふむ……何かまた悩み事があるご様子じゃな。では、奥の部屋で聞こうかの」

大神官の言葉に王女はうなずくと、二人は奥の部屋に入っていく。

リオンも続こうとしたが神官たちに止められた。

その部屋は告解室でもあるため、本人と神官以外は入室を禁じられているのである。

リオンは仕方なく、クレハとともに待つことにした。

しばらくすると、王女が来ていることを知ったのか、町の人々が教会に集まってきた。

紋章に祈りを捧げると、口々に噂《うわさ》する。

「セレスティア様、またお祈りに来られたようだね」

「孤児院の面倒も見てくださってるんだろう？　お偉い方だよ」

「ほんとうに……。上の王子様や王女様方は戦好きだって話じゃないか。セレスティア様が王位についてくれれば私たちも安心なんだけどねえ」

民たちの話を聞き、リオンは内心でうなずいた。

やはりティアの人望は本物だ。

王位について欲しいと願っている民も、きっとたくさんいるだろう。

後ろ盾《だて》さえあれば、ティアを王位につけることは決して不可能じゃない。

ティアも、本当は王位を望んでいるんじゃないだろうか……

しばらく考えたあと、リオンは、ふと壁際《かべぎわ》に立っているクレハに目をやった。

紹介はされたが、彼女と個人的に話す機会はなかったな……

後輩として、改めて挨拶《あいさつ》しておこう。

リオンは笑みを浮かべて、クレハに話し掛けた。

「セレスティア様は本当に民に慕われていますね。民たちの利益代表だからでしょうか？」

クレハは、不快そうな表情でリオンに目をやる。

「……ティア様は常に民の利益を考えていらっしゃるけれど、それだけで慕われているわけではないわ。ときには、民の不利益になるような提案をされることもある。それでも支持されるのは、ティア様が民の未来まで考えていらっしゃるからよ。一時的に損をしても、未来に大きな収穫となって戻ってくることを民たちは理解しているの。何も知らない護衛が勝手なことを言わないで」

王女を擁護するクレハの勢いに、リオンはわずかにたじろいで見せる。

それと同時に、内心、嬉《うれ》しく思っていた。

この子は本当にティアを慕ってくれているようだ……

「そ、そうなんですね。自分の浅慮で気分を害してしまったことをお詫びします」

リオンは素直に謝ると、改めて口を開く。

「きちんとした挨拶がまだでしたね。自分は辺境出身のリオン。剣技と体術にはいささか自信がありますけど。側近候補であるクレハさんにはいろいろ教えてもらいたいと思っています。若輩者ですが、どうぞよろしくお願いします」

リオンが握手を求めると、クレハはやや躊躇《ちゅうちょ》する様子を見せたあと、渋々といった表情で手を握った。

リオンは素早く彼女の拳の感触を確かめ、全身を一瞥する。

その視線に気づいたのか、クレハはすぐに手を離すと、いぶかしげに言った。

「……なんなの？　あまりじろじろ見ないでくれる？」

「あ、すみません。クレハさんがお綺麗なのでつい……」

クレハは心底嫌そうな顔をして、リオンからことさら距離を取った。

汚いものを見るような視線を向けられ、わずかに傷ついたリオンだったが、鈍感なふりをして笑みを浮かべる。

そして、当初の目的を遂げたことに満足した。

よし……お前のことはだいたい分かった。

そのころ紋章教会、奥の部屋では――

セレスティアは長椅子《ながいす》に腰掛け、出されたお茶を飲むと一つ息をつく。

彼女は、大神官が珍しく勲章を付けていることに気づいた。

その視線に気づいたのか、大神官は肩をすくめて自分の胸に目を落とす。

「ほっほっほ。王女と会うなら、たまには勲章を付けてくださいと神官たちに言われてのお」

「その勲章は、戦地で多くの人を救ったことに対する褒章《ほうしょう》でしたね」

大神官は懐《なつ》かしむように勲章にそっと触れた。

彼は元々、宮廷魔術師であり、先の大戦にも魔導師部隊の一員として従軍していたのだ。

大神官が口を開く。

「あれはひどい戦じゃった。たくさんの人が死んでのう……。治癒師や軍医も戦死して、怪我人は放置されるままじゃった……」

「その状況を見るに見かねて、グスタフ様が治療を買って出たのでしたね」

「まあ、見様見真似じゃったがの。できることはなんでもやったものじゃて……」

彼は魔法だけに頼らず、怪我人を救うため、ありとあらゆることを試したのだという。

その結果、多くの兵たちの命を救ったのだ。

今では宮廷魔術師を退いて紋章教に帰依し、治療院でもその腕を振るっている。

大神官グスタフの民への献身を知らない者はいないのである。

世間話のあと、大神官は王女に静かに尋ねた。

「それで……セレスティア様、今日はどうなされた?」

なかなか話し出さない王女に、大神官は優しく声を掛ける。

「ここは告解室でもある。この部屋で話されたことは、たとえ陛下に命じられたとて決して漏《も》らさぬのが掟《おきて》。ここでは何を話してもいいんじゃよ？」

大神官に促され、王女はしばらくしてから口を開いた。

「私の兄をご存じですよね……小さいころ離れ離れになった……」

グスタフ大神官はすぐにうなずく。

「もちろんじゃとも。なにか事情があって国を出られたとか……。セレスティア様がここに来るようになったころは、いつもお兄様の話をされていましたなあ。あのころは、さぞお寂しかったことじゃろうて……」

王女は昔を思い出しているのか、微《かす》かに笑って続けた。

「そうですね……昔の私にとって、兄はとても頼りになる存在でした。母は不在のことが多かったですから、夜になるとよく兄のベッドに潜り込んでいたものです」

彼女はしばらく黙ったあと、口を開く。

「こんなことを相談していいのか分からないのですけれど……」

王女はぽつりぽつりと話し始めた。

「実は……最近、兄の夢をよく見るのです」

「ほお、お兄様の夢を」

「はい。夢の中の兄は成長していました。生きていればこれくらいかなと思う年頃《としごろ》です」

「ふむ……それで?」

「私は嬉しくて、兄に抱きつきました。やっと帰ってきてくれた。これでもう私は一人じゃない。嬉しくて嬉しくて涙が出ました——でも……」

「でも?」

大神官は興味深そうに身を乗り出した。

王女がわずかに頬《ほお》を赤らめながら言う。

「兄の顔を見たら……その顔は……最近、私の身近に現れた人物の顔だったのです……」

「なんと……!」

彼女は居心地悪そうにしながら、大神官に尋ねた。

「これは、どういう意味なんでしょうか……?」

大神官は唸りながら、腕を組む。

しばらくして、彼はひげを撫でながら尋ねた。

「その身近に現れた人物というのは……やはり男でしょうなあ」

「ええ、そうです」

「その男が気になりますかな?」

王女はすぐさま首を振った。

「いいえ。どちらかというと気に障ります。見ているといらいらするのです」

「ほう。どういうときにいらいらなさる？」

彼女はいらいらする場面を思い出すかのように眉根を寄せた。

「気づくと、私を見てにやにやしているのです。気持ち悪いったらありません。それにどこにいても不思議と目立つのです。見回さなくても、すぐに目につきます。背中越しでもそこにいるのが分かるような妙な存在感があって……とにかく気味が悪いんです」

「ふうむ……」

老神官は王女を見ると、ためらいがちに口を開く。

「これから話すことはあくまでも一般論じゃよ？　話半分で聞いてくだされ。素直に考えて、頼れる兄の顔がその男の顔になっているということは……」

「ええ。どういう意味でしょう？」

身を乗り出した王女に、グスタフが告げた。

「その男を、兄の代わりのように思っておるのじゃろうなあ」

「…………は？　おっしゃっている意味がちょっと……」

大神官は言いにくそうにしながら続ける。

「じゃから……セレスティア様はその男を目で追っているのじゃろう？　そうでなければ男が見ていることにも気づかんはずじゃ。それに、どこにいてもすぐに見つけてしまうのじゃろう？　その男をいつも気にかけている証拠だと思うのじゃが……ということはじゃ……つまり、姫様はその男を……」

　やや茶目っ気のある笑みを浮かべる大神官を見て、彼が何を言いたいのか思い当たると、王女は顔を真っ赤《まっか》にして叫んだ。

「ち、違います！　私は別にあの男に、その、懸想しているとか、そういうことは決してありません！　グスタフ様とはいえ、言って良いことと悪いことがありますよ！　私はあの男がただ気に食わないだけです！　それに私の兄はあんな男とは違います！　兄はかっこよくて！　頼りになって！　いつも優しくて！　……でも、私の側にはいてくれなくて……」

　大きな声を上げた王女は、ふうと長い息を吐くと、浮かせていた腰を下ろす。

　しばらくして落ち着いたところで、彼女は大神官に謝罪した。

「……申し訳ありません、グスタフ様。さきほどの暴言をお許しください」

　大神官は大きく笑うと、首を振る。

「なあに、たまには大声を上げられた方がいいくらいじゃて」

　彼は項垂《うなだ》れる王女を見て、心配するような顔で続けた。

「セレスティア様は、本当に、お兄様に複雑な思いを抱かれておるんじゃなあ」

「そう……ですね……。確かに私には、兄への複雑な思いがあります……」

　セレスティアは思う。

　幼いころ国を出て、戻らなかった兄……

あんなに頼りにしていたのに、あんなに優しくしてくれたのに、私に何も言わずにいなくなってしまったレオンハルト兄様……

どんな事情があったかは、今でも分からない。

お母様も詳しくは教えてくれなかった。

そんな兄を憎く思ったこともある。嫌いになろうとしたことも一度や二度ではない。

彼女は確かに、兄に愛憎入り交じる複雑な感情を抱いていた。

いなくなった兄をずっと思い続けることはできない。

かといって嫌いになることもできない。

宙ぶらりんのまま時は過ぎ、こうして成人する歳《とし》になってしまった。

私は、この兄への思いを一体どうすればいいのだろう……？

忙しい日々の中で、ようやくその思いが薄れてきていたというのに、あの男のせいでまた思い出してしまった。

なんて煩《わずら》わしいの……

王女は深いため息をつく。

でも……グスタフ様に聞いてもらって、少しは気が楽になったわ。

このことは、ひとまず置いておこう。

あの男とレオン兄様は、なんの関係もないのだから……

面会時間が過ぎ、王女は立ち上がって、大神官に暇を告げる。

帰り際、大神官が言い忘れていたかのように口を開いた。

「そうじゃ、こういうときこそ魔力の鍛錬に勤《いそ》しむのがよろしいでしょうなあ。お贈りした魔力鍛錬法は役立っておりますかの？」

「ええ、とても役に立っています。わざわざ私のためにありがとうございます。最近は長時間魔力を放出しても疲れなくなりました」

「それは重畳。今後も精進なされ」

大神官は笑みを浮かべて王女を見送った。

部屋を出ると、クレハが笑顔で駆け寄ってくる。

その後ろに、あの男がいた。

王女は、先ほどの大神官の言葉を思い出し、思わず目を逸らす。

「ティア様、お顔が赤いようですが……熱でもあるのではないですか？」

彼女は首を振って、笑顔で答えた。

「大丈夫よ、クレハ。さあ屋敷に帰りましょう」

セレスティアがちらりと見ると、彼は距離を置いて静かについてきた。

その姿に、王女はほんのわずかな安心感を覚える。

そして、そんな自分にまた心がざわつくのだ。

王女はもう一度深いため息をつくと、軽く首を振る。

考えない、考えない。考えても仕方がないことだわ……

こうしてセレスティアの悩みは、答えが出ないまま保留となったのである。

＊　＊　＊

セレスティア王女の屋敷。夕食後――

リオンは王女の私室を訪れた。

「セレスティア様、護衛のリオンです。実はセレスティア様の私室に、少々不都合がございまして……」

しばらくして、扉の向こうから不機嫌そうな声が答えた。

「……不都合？　入って説明なさい」

リオンは王女の私室に足を踏み入れる。

魔力の鍛錬をしていたのだろう、テーブルの上には魔力測定用の魔道具が置かれ、側には書類の束が置いてあった。

その書類にはグスタフ大神官が彼女に贈った魔力鍛錬法が記されているという。

王女の顔はわずかに上気し、額《ひたい》にはうっすらと汗をかいていた。

珍しい部屋着姿の王女を見たリオンは、思わず声を詰まらせる。

う……俺の妹はどうしてこんなに可愛《かわい》いんだ？　その上、日々の努力も欠かさないとは！

思い返せばティアは幼いころから、あ、いかんいかん。

「……なに？　早く説明して」

「は、はい。実はこの部屋の天井裏にネズミが巣を作っているようで――」

「ネズミ⁉」

王女は慌てて天井を見上げ、体を固くした。

彼女は小さいころ、ネズミの共食いを見て以来、苦手意識を持っているのだ。

もちろん、リオンはそのことを知っていた。

「今夜にでも対処いたしますので、ご心配には及びません。ですが、少々騒音が出る可能性がございます。ですので、ご面倒とは思いますが、今夜は別室でお休みいただけませんでしょうか？」

王女が考える素振りを見せたので、リオンはすぐに付け加える。

「すでに執事のアルベルトさんに客室を整えてもらっています。身一つで移っていただければ問題ございませんので」

王女はうなずくと軽い調子で尋ねた。

「そういうことなら分かったわ。……ところで、クレハは？」

「彼女は屋敷の用事で外に出ております。戻ったら、部屋に行くよう言付《ことづ》けましょうか？　いつもと違う部屋で寝るのは、少々怖かったりしますからね」

リオンは微笑みながら提案する。

王女は子ども扱いされてムッとしたのか、不機嫌そうに首を振った。

「言付けは必要ない。それと……寝室が変わったからって怖いわけないでしょう？」

「……失礼いたしました」

リオンは神妙な顔で頭を下げると、内心でうむうむとうなずく。

怖がりを指摘されて、むくれるティアもまた可愛い。

少し機嫌を損ねてしまったが、これで、ティアがクレハを部屋に呼ぶことはないだろう。

王女が寝室を移ったのを確認すると、リオンはすっと表情を引き締めた。

夜空を見上げると、雲間から半月が見える。

さて……これで準備は整ったな。


その日の深夜――

屋敷の廊下を音もなく走る影があった。

目当ての部屋にたどり着くと、影は静かに扉を開け、するりと室内に侵入する。

部屋の構造は分かっていた。何度も訪れたことがあるからだ。

天蓋《てんがい》付きのベッドに近づきながら、影はまるで手品のように袖からナイフを取り出す。

刃は黒く塗ってあり、暗闇《くらやみ》で光らないようになっていた。

ベッドの側まで来ると、影はナイフを振り上げた。

そして、そのまま振り下ろそうとして――人影は動きを止める。

「……う……うう……」

しばらくして、影から小さな嗚咽《おえつ》が漏れ始めた。

影は体を震わせると、がくりと膝をつき、顔を伏せる。

独り言のようにつぶやいた。

「……できない……ティア様を殺すなんて私にはできない！　どうすればいいの⁉」

そのときである。

「手を出さなかったか。もし行動に出ていれば、お前をこの場で殺すところだったぞ？」

部屋の隅から聞こえた声に、人影は弾《はじ》かれたように跳び起き、戦闘態勢を取った。

暗がりから姿を現したのは、新任の護衛だった。

影が目を見開く。

護衛のリオン⁉　気配はなかったはず！

影は一瞬考えた。

この男はかなりやる。でも、所詮《しょせん》は剣士。暗殺術を使う私の敵じゃない！

影は、もう一方の袖からもナイフを取り出すと、両手にナイフを構えた。
見られたからには――殺す！
床を蹴《け》ると、リオン目掛けて切りかかる。
縦横に鋭くナイフを振るうが、リオンは軽く左右にステップしてかわした。
影はぐっと身を縮めると、爆発的に加速して、一気に距離を詰める。
ナイフだけでなく、蹴りや肘《ひじ》打ちを混ぜ、リオンを部屋の隅に追い詰めていく。
退路を塞いだ影は、畳み掛けるように攻撃した。
だが、当たらない。
それどころか、リオンは余裕の表情で、こちらを観察するようにじっと見ていた。
じゃあこれなら！
動きにフェイントを混ぜると、今度はリオンの目を狙う。
リオンが頭を反らせて回避したところで、ぐっと体をひねり、腕のリーチを伸ばした。
変則的な二段突きである。
後ろは壁。逃げ場はない。だが――
な！
リオンは、背後の壁を蹴って影を飛び越え、間髪入れずに背後を取ってきた。
すかさず後ろ回し蹴りで応戦するが、その蹴りは空を切る。

……え？

影が蹴り抜いたのは、リオンの残像だった。

ざ、残像⁉

敵の位置を見失った影が動揺する。

そのとき、リオンはすでに影の左側面に回り込んでいた。

その瞬間的な移動に、影は驚愕《きょうがく》に目を見開く。

リオンが使ったのは高速歩法術――〈瞬脚〉。

魔境の墓所で、格闘家ボルドから教わった体術である。

「目はいいが、気配を読むのは苦手なようだな……お前の実力はほぼ予想どおりだ」

リオンの言葉に、影が顔を歪めた。

舐《な》めるな！

影は躍起になってナイフの連撃を繰り出すが、途中で手が軽くなったことに気づく。

信じられないことだったが、攻撃中にナイフを取り上げられていたのだ。

そんな馬鹿な⁉

一瞬動きが止まったところを、リオンに肘関節を極められ、足を払われる。

床に倒れたところで、リオンが一気に体重を掛けてきた。

「ぐっ！」

暴れたところでどうにもならない。背中に乗ったリオンは岩のように動かなかった。

リオンが攻勢に転じたほんの一瞬で、勝敗は決してしまったのである。

顔に巻いていた装束《しょうぞく》を剝《は》ぎ取られ、影は顔を逸らした。

リオンが静かに言う。

「安心しろ。この部屋にセレスティア様はいない。今晩は寝室を移っていただいたんだ。ネズミが出るとお伝えしてな……。そういえば、お前には知らせていなかったな——クレハ」

「……く……！」

人影は体を震わせると、怒りの表情でリオンを睨んだ。


「殺せ……さっさと殺せ！」

声を上げるクレハを、リオンはあっさりと解放した。

驚いたクレハだったが、素早く飛び起きると、リオンから距離を取る。

「解放するなんて、私を馬鹿にしているのか⁉　私の任務は——」

リオンは、クレハの言葉を遮《さえぎ》るように言う。

「セレスティア様の暗殺だろう？　一年以上前から潜入するとは、お前のいる組織はなかなか慎重なようだ」

クレハは図星をつかれ、声を詰まらせた。

リオンはクレハを見据えて口を開く。

「ネズミに気づかないと思ったか？　暗殺決行の指示は、俺が先に読んだよ。『半月の夜までに殺せ』か……お前ならギリギリまで待つだろうから、決行は今晩だと分かっていた」

クレハは唇を噛《か》み締めて、リオンを睨む。

リオンはそんな視線を受け流し、続けた。

「お前を泳がせていたのは、お前から殺意を感じなかったからだ。それに……お前はむしろセレスティア様を守っていただろう？　誰かが前に立てば間に入ろうとするし、食事のときはつまみ食いをして毒味をしていたからな……。ずっと不思議に思っていたんだ。なぜ暗殺者が王女を守っているのかと」

クレハが唸るような声で聞いた。

「……いつから気づいていた……？」

「初めて見たときからだ。クレハは静かに歩きすぎる。体重を分散させ、音を立てないように歩く癖《くせ》がついてるな。普段の歩き方にはもっと気をつけた方がいい」

衝撃を受けたのか、うつむくクレハを見て、リオンは続けた。

「俺の推測はこうだ――　お前はこの屋敷への潜入任務を受けた。まずは、セレスティア様の信頼を勝ち取るよう指示されたんだろう。それは成功して、お前は側近候補にまでなった。お前の依頼主は、いつでも王女の寝首を掻《か》けるようにと考えたんだろうな……用意周到な奴《やつ》

だよ」

クレハは奥歯を嚙み締めたような表情を見せる。

リオンは続けて尋ねた。

「それで？　なぜやめた？　……なぜ、暗殺を実行しなかった？」

クレハが怒気混じりの声で答える。

「……なぜですって……？　なぜティア様を殺さなかったって!?」

クレハは顔を歪めると、拳を握り締めて、声を上げた。

「そんなこと、できるわけないでしょう！　ティア様は……ティア様はこんな私に優しくしてくれた！　ドブネズミみたいに生きてきた私を大事だと言ってくれたの！　ティア様を手に掛けるくらいなら死んだ方がましよ！　ティア様を殺すなんて！　私には！　……もう……無理……」

クレハは膝をつくと、震えながら嗚咽を漏らす。

リオンはそんなクレハを見て、静かに口にした。

「そうか……だからクレハには殺意がなかったのか……」

……王女への忠誠心は合格だな……

リオンは自分の直感が正しかったことを知り、内心、嬉しく思っていた。

クレハは暗殺者でありながら、ずっと妹を守ってくれていたのだ。

彼女の震える背中を見て、リオンは心の底から思う。

こういう子が妹の側にいてくれて本当に良かった。

ティアが気づかぬうちに、どれほどこの子に助けられてきただろう……

想《おも》いを吐き出して観念したのか、クレハは今までのいきさつをリオンに語ってくれた。

幼いころ、クレハは暗殺者を養成する組織に拾われ、そこで厳しい訓練を受けて育ったのだという。

組織には、一緒に訓練を乗り越え、ともに育った仲間がいる。

その仲間たちは、それぞれが任務から逃げないよう人質の役割も果たしているのだ。

任務を放棄すれば仲間が殺されてしまう。

でも、王女を殺すことなど到底できない。

その板挟みで、クレハは苦しんでいたのだ。

リオンが尋ねる。

「依頼人が誰かは知らないんだろう?」

クレハは涙を乱暴に拭《ふ》いて答えた。

「ええ……私は末端の人間だから、依頼人については何も知らされてない」

リオンはしばらく考える。

安全を優先するなら、クレハは排除した方がいい。

クレハがいくら王女のことを慕っていても、人質がいる限り、彼女は危険だ。

だが……とリオンは思う。

クレハがいなくなったら、ティアは悲しむだろう。

それにクレハの実力はかなりのものだ。

教会では信徒席に座らず、壁際に立って有事に備えていた。

握手を躊躇したのも、利《き》き手を封じられるのを嫌ったためだろう。

拳の鍛え方も、立ったときの体幹バランスの良さも、長年の修練の結果だ。

それに先ほど見た戦闘能力……そこらの暗殺者より遥《はる》かに強い。

妹の側にいてくれるなら心強い味方だ。

ならば……

リオンは決意を固めると、クレハに言った。

「よし。クレハの仲間を助け、暗殺組織を潰《つぶ》す」

クレハは目を見開き、リオンをまじまじと見る。

「……は？　組織にいるのは凄腕《すごうで》の暗殺者ばかりなのよ？　仲間を助けるだけでも難しいのに組織を潰すなんて不可能だわ！　それに首領はアジトをすぐに移す。今どこにアジトがあるのかも分からないのよ!?」

リオンは平然と言った。

「アジトなら、もう突き止めてある。ネズミを追いかけたんだ」

「……え？　連絡用のネズミを⁉」

クレハは絶句する。

もちろん、彼女もそのくらいのことは何度も試していた。

しかし、ネズミはあちこちの隙間《すきま》や下水道も通ることができる。

そんなネズミを見失わずに追いかけることなど、到底不可能なのだ。

クレハが驚きの表情でリオンを見る。

リオンは彼女を見つめ返すと、強い口調で尋ねた。

「クレハ、覚悟を決めろ。お前はどっちを選ぶんだ？　すべてを諦《あきら》めて俺に排除されるか、それとも、セレスティア様の側にいるために命を懸けるか。どっちだ⁉」

リオンの言葉に、クレハはぐっと唇を噛み締める。

そして、喉《のど》から絞り出すように言った。

「私は……私はずっとティア様の側にいたい！　そのためなら何だってやる！」

リオンはじっとクレハを見つめたあと、しばらくして彼女に手を差し出した。

「その言葉、忘れるなよ？　では準備しろ」

クレハは硬い表情で、リオンが差し出した手を見つめる。

彼女は、一変したリオンの雰囲気に戸惑っていた。

控えめな新人護衛という認識だったのに、この変わりようは何なのか。

目の前に立つ男には、暗殺者など歯牙《しが》にもかけない圧倒的な強者の気配があった。

しかもリオンから感じる重圧感は、王族などの上位者から感じるものとよく似ているのだ。

……辺境の孤児ですって？　絶対違う。もっと巨大な何かだわ……だけど……

クレハは、気圧《けお》されたことに気づかれないよう強がってみせる。

「それがあんたの本性ってわけね？　分かったわ。でも……あまりえらそうにしないで」

クレハはリオンの手を取って立ち上がると、必要以上に強く握った。

＊＊＊

「あれが今のアジトだ。道についている足跡から見て、中にいるのは十五人くらいか？」

リオンが尋ねると、クレハがうなずいた。

「そのくらいでしょうね。一階にまだ明かりが見えるわ……五、六人は起きていると思って間違いない。裏と表に見張りが一人ずつ。三時間交代だから、そろそろ交代の時間ね。集中力が切れるころだわ。狙いどきよ」

リオンはちらりとクレハを見る。

「なかなかの観察力じゃないか」

「……うるさいわね……」

二人は高い木の上から、アジトを見下ろしていた。

暗殺組織のアジトは郊外にある森の中にあった。

大きな二階建ての屋敷である。貴族の別邸を脅し取ったか何かしたのだろう。

クレハが尋ねた。

「それで……来る途中で衛兵の詰め所に寄ったのは何だったの？」

「ああ。暗殺組織のアジトを見つけたと通報してきた」

クレハが目を見開く。

「な！　そんなことしたら、騎士団が来るじゃないの！」

リオンは平然と答えた。

「それが狙いだ。騎士団には逃げた暗殺者どもを捕まえてもらう。俺たちだけで全員を捕らえるのは難しいからな。騎士団が来る前に仕事を終わらせればいい」

「なによそれ！」

クレハは、リオンの無謀なやり方に怒りすら覚えた。

だが、通報したからにはもう時間に猶予はない。

おそらく、騎士団が到着するのに三十分も掛からないだろう。

リオンは布で顔を覆い、即席の覆面にすると口を開いた。

「俺が裏口に回って陽動する。仲間探しは任せるが……屋敷のどこにいるのか見当くらいはつくのか？」

クレハが暗い声で答える。

「ええ……いつも通りなら地下室よ……」

彼女は何か思い出しているのか、辛そうな表情を見せた。

リオンはそんな様子に気づかない振りをして続ける。

「できれば暗殺者たちは殺すな。騎士団に引き渡したい。……よし、そろそろ始めるぞ」

さっさと木から飛び降りるリオンに、クレハが慌てて尋ねる。

「ちょ、ちょっと！　陽動の合図は⁉」

リオンは振り返らずに答えた。

「すぐに分かる」


リオンの言うとおり、陽動の合図はすぐに分かった。

クレハが茂みで息を殺していると、屋敷裏の木々が轟音《ごうおん》を立てて倒れていったのだ。

大きな振動が起こり、動物や鳥たちが慌てて逃げていく。

倒れた木が屋敷の裏口を直撃したようで、木のひしゃげる音が響き、砂煙が上がっていた。

おそらく、逃げられないように裏口を潰したのだろう。

クレハは呆気《あっけ》にとられたあと、思わず笑ってしまう。

「あれが陽動？　やりすぎでしょ……」

屋敷のあちこちで明かりがつき、すぐに男女の大きな声が聞こえてきた。

表の見張り番が、何ごとかと屋敷の方を振り返る。その瞬間——

いま！

クレハは茂みから飛び出すと、一気に距離を詰め、強烈な手刀を見張り番の首元に叩き込んだ。

「ぐうぅ……！」

見張りはくぐもった声を上げると、気を失い、動かなくなった。

彼女の実力は、その辺の暗殺者より遥かに上なのである。

クレハは屋敷の玄関まで音もなく駆けると、扉を開けて、低い姿勢で飛び込んだ。

前転して顔を上げた彼女は、邸内の光景に息を呑《の》む。

え！　どうやって⁉

すでに何人もの暗殺者が白目を剝《む》いて倒れていた。

騒ぎが起こってから、まだ五分も経っていない。

階上の音からすると、リオンはもう二階の制圧に向かっているようだ。

嘘！　なんて速いの！
クレハは頭を振ると、自分のやるべきことを思い出す。
驚いてる場合じゃない！　地下室を探さないと！
廊下を駆け、突き当たりの階段の横に、地下室への扉を見つけた。
クレハは扉を開けると、地下室にいるであろう牢屋番《ろうやばん》に声を掛ける。
「おい、騎士団が来る！　すぐにここからずらかるぞ！」
その声は野太い男の声だった。
クレハは長年の訓練により、様々な声色を使い分けることができるのだ。
「なんだと！　俺を置いていくな！」
階段を上がる音が大きくなってくる。
クレハは牢屋番が姿を現すところで、扉を思いきり蹴った。
「ぐふうっ！」
扉に当たった牢屋番の階段を転げ落ちる音が聞こえてきた。
静かになったところで扉を開けると、階段の下で男が伸びている。
動かないことを確認すると、クレハはすぐさま階段を駆け下りた。
牢屋番から鍵束《かぎたば》を奪い、奥の牢屋に走る。
牢内にいた少女たちが驚きの声を上げた。

「え！　クレハ姉⁉」

「どうしてここに！　任務じゃなかったの⁉」

「もしかして上の騒ぎって……」

クレハが静かにの合図をして、声を潜める。

「話は後。みんな、ここから逃げるよ！」

クレハは少女三人を伴い、警戒しながら地下室を出る。

一階の様子を見て、少女たちも驚きに息を呑んだ。

十人ほどの男女が、折り重なるようにして倒れていたからである。

力を抑えなくていいなら、このレベルの暗殺者など、リオンにとって敵ではないのだ。

二階の踊り場から、リオンが顔を出した。

縄を投げて、指示を出す。

「全員を縛り上げろ。俺は依頼人の手がかりを探す。クレハ、首領がいるか確認してくれ！」

「分かったわ！」

少女の一人が恐る恐る尋ねた。

「クレハ姉、あの人は？」

彼女はすぐに答えた。

「彼はリオン。大丈夫、味方よ。今のところはね……。さあ、みんな指示通り動いて！」

「「「了解！」」」

少女たちは素早く暗殺者たちを縛り上げていく。

さすがに訓練を受けただけのことはある。その動きは洗練され、無駄がなかった。

リオンが書類を調べている間に、クレハは男たちの顔を確認していく。

二階に倒れていた者たちまで確かめても、首領はいなかった。

クレハは一階に降りて、リオンに言う。

「ねえ、首領がいないわ！」

そのときである。

「なんだ、この状況は……？」

扉を開けて入ってきたのは、上半身裸の男だった。

その男の姿を見て、クレハたちが息を呑み、青ざめる。

頬に傷のあるその男こそ、この暗殺組織『哭蛇《こくじゃ》』の首領だった。

首領は屋敷の離れで、商売女と楽しんでいたのである。

ぎろりと男がクレハたちを睨んだ。

「……あ……う……」

蛇に睨まれた蛙《かえる》のように、クレハたちは身がすくんで動けなくなる。

体は震え、涙が溢《あふ》れ、奥歯がかちかちと鳴った。

それは、長年に渡る支配の影響である。

クレハたちはこの男に奴隷のように扱われ、日々、暴力で屈服させられていたのだ。

その怯《おび》えようを見て、リオンは彼女たちをかばうように男の前に出た。

首領が低い声で言う。

「なんだお前は……これはお前の仕業か！」

そう叫ぶやいなや、室内に衝撃波が走り、床や壁が裂け、リオンの頬が切れた。

リオンは驚いたように頬に手をやる。

クレハが震えながらも声を上げた。

「き、気をつけて！　そいつの攻撃は——見えない！」

首領がクレハたちを睨みつけ、腕を左右に振るう。

「お前たちには後でたっぷり事情を聞くからな！　——てめえはそこで死んどけええぇっ！」

首領の見えない攻撃が、リオンを襲った。

少女たちが固く目を閉じ、クレハが必死に叫ぶ。

「避けてええええっ！」

リオンはじっと虚空を見ていた。そして、かちりと剣の鯉口《こいぐち》を切る。

首領が下卑《げび》た声を上げた。

「見えねえのに避けられるわけねえだろおおお！」

だが次の瞬間――

「…………へ？」

首領は間の抜けた声を上げ、立ち尽くすこととなった。

攻撃の手応《てごた》えがまるでない。

リオンが剣をパチンと鞘《さや》に戻すと、空中から細かい糸状のものが落ちてきた。

それは首領の武器の成れの果てである。

リオンが独り言のように言った。

「……そういえば、こういう武器もあると教えてもらったっけ……」

首領が後退《あとずさ》りしながら、声を上げる。

「な……な！　なにいいいいいっ⁉　織女蜘蛛《アラクネ》の鋼糸だぞ⁉　斬れるわけないだろうがあああああ！」

その見えない武器は――鋼糸。

巨大な蜘蛛《くも》型の魔物、織女蜘蛛《アラクネ》からしか採れない強靭《きょうじん》で極細の糸である。

哭蛇の首領は手練の糸使いだったのだ。

リオンは首領の武器を見抜き、あの一瞬で糸をすべて切断したのである。

その信じられない光景を、クレハも、少女たちも、ぼう然と見ていた。

「ば、化け物が！　やってられるか！」

一戦交えただけで、首領はすぐさま踵《きびす》を返し、走り出した。

さすがに暗殺組織を率いていた男である。敵の実力を瞬時に判断し、逃げたのである。

だが、それを許すリオンではない。

扉の前に〈瞬脚〉で移動すると、首領のみぞおちに強烈な回し蹴りを叩き込んだ。

「ぐぼあっ！」

汚らしい音を立てて、首領は奥の壁まで吹き飛び、ずるずると床に伸びると失神した。

その様子を見て、クレハも、少女たちも、目を見開いたまま動けなくなる。

「……え……倒したの……あの男を……？」

クレハが思わず口にする。

今まで自分たちを苦しめてきた元凶が、恐怖の象徴であったその男が、こんなにもあっけなく倒されてしまったのだ。

クレハたちは信じられない思いで、無様に倒れた首領に目をやる。

これでもう、この男に支配されることはない。

彼女たちは解放されたのだ。

しばらくして、四人は互いの手を取り合うと、力が抜けたように床に座り込む。

身を寄せ合うと、小さく嗚咽を漏らし始めた。

リオンは彼女たちが泣きやむまで、何も言わずに見守っていた。

「やはり、依頼人の手がかりはないな……」

屋敷の中をすべて調べ終わると、リオンは椅子に縛りつけた首領の前に立つ。

「クレハ、この男が依頼人の情報を吐くと思うか？」

クレハは少女たちと顔を見合わせると、首を振った。

彼女が首領の首元を指差す。そこには鎖のような紋様があった。

クレハが不快そうに言う。

「これは契約魔法よ。依頼人について白状しようとすると絶命するようになってる。……でも、どのみち、ここが壊滅したと分かればこいつは見限られるでしょうね。依頼人は証拠隠滅のために、すぐにこいつを殺すわ」

リオンは一つ息をつくと、うなずいた。

「この線は手詰まりか……。よし、今回は彼女たちを助けられただけで良しとしよう。そろそろ騎士団が来る。すぐにここから立ち去るぞ」

少女たち三人はリオンに頭を下げ、口々に礼を言った。

リオンがクレハに言う。

「その子たちのことはお前の責任だ。あとは好きにしろ」

「言われなくても分かってる！　……その……リオン……」

クレハが何か言いかけたとき、表の方から鎧《よろい》の音が近づいてきた。

騎士団が到着したらしい。

「俺が時間稼ぎをしておく。すぐに裏から逃げろ」

クレハが慌てて尋ねた。

「ね、ねえ！　どうして私を助けてくれたの⁉　私はティア様を殺そうとしたのよ⁉」

リオンはすぐに答える。

「俺はお前を助けたわけじゃない。セレスティア様にはクレハが必要だと考えたから、こうしたまでだ」

そこまで言って、リオンは付け足した。

「……きっと、セレスティア様は何度もお前に助けられてきただろう。専属護衛として礼を言う。王女を守ってくれてありがとう、クレハ」

クレハがぎゅうと眉根を寄せ、泣きそうな表情になる。

「……リオン……私……」

クレハの言葉を手で制し、リオンは声を上げた。

「早く行け！」

クレハは迷うような素振りを見せたあと、少女たちにうなずき、裏手から出ていった。

リオンは息をつくと、屋敷の表から外に出る。

すでに騎士団が到着していた。

その騎士団を見て、リオンは喉の奥で唸り声を上げる。

……しまった……これは想定してなかった……

騎士団の団長が進み出ると、鋭い声で問いただした。

「そこのあなた！　私たちは通報を受けてやってきた勇者遊撃隊ですわ。私は隊長のジゼル。通報者は若者だと聞きましたが……あなたは誰ですの？」

寄りにも寄って、勇者の騎士団だったか！

赤髪の勇者ジゼルは、第一騎士団の所属である勇者遊撃隊の隊長なのだ。

騎士たちが警戒し、剣の柄に手を掛ける。

「何者だ！」『怪しい奴め！』『覆面を外せ！」

リオンは内心の焦《あせ》りを隠して、口を開いた。

「通報したのは私の仲間だ。ここは暗殺組織『哭蛇』のアジトだった。一足先に踏み込んで、邸内にいた人間は拘束してある。屋敷から逃げた者たちは捕まえてくれたか？」

ジゼルが不機嫌そうに言う。

「もちろん、言われなくても捕らえましたわ。今、森の中も捜索中でしてよ？　……あなた、もしかして、私たちを後詰めに利用したんですの？」

リオンが騎士団を呼んだのは、まさにそれが理由である。

　加えて、騎士団が動いたとあれば、今回クレハを派遣した依頼人も下手に動けなくなるだろうという目論見《もくろみ》もあった。

　屋敷の中を確認した騎士が報告に戻ってきた。

「ジゼル様、確かに暗殺者どもが拘束されています。『哭蛇』の首領と思《おぼ》しき人物も捕らえられていました。この者の言っていることは嘘ではないようです」

　ジゼルはじろりとリオンを睨むと尋ねた。

「もう一度聞きますわね。あなた、誰ですの？」

「私は……善意の民だ」

　ジゼルが片方の眉を上げる。

「ふうん、善意の民ね……。あなたが暗殺者の一味ではないという証拠はありますの？」

　リオンはすぐに答えた。

「こうしてこの場に残り、騎士団を待ったのがその証拠だ。それに、もしこれが暗殺者同士の争いなら、そもそも通報すると思うか？　私は市民の義務として通報したまでだ」

　ジゼルは目を細める。

「ふん、口が達者ですこと……誰かさんを思い出しますわね。それで、なぜ覆面を？　外していただいてもよろしくて？」

「それはできない」

「あら、なぜかしら？」

勇者の気配が剣呑《けんのん》なものに変わっていく。

……まずい……

勇者でなければ、すぐに立ち去る予定だったのだ。

そのときである。

「ジゼル様！　首領が目を覚ましました！」

騎士の報告を聞き、勇者の注意が一瞬逸れた。

いまだ！

リオンは、すかさず手に持っていた瓶《びん》を地面に投げつけた。

瓶が割れた途端、大量の煙が視界を覆っていく。

先ほど屋敷で見つけた煙幕薬だった。

瓶を割ると二つの薬品が混ざり、煙が出るのである。

「さらばだ。後は勇者殿にお任せする」

「逃げる気ですの⁉」

リオンは脱兎《だっと》のごとく、森へと全速力で走った。

勇者相手では、一瞬の油断が命取りなのだ。

「覚えてなさいな！」

背後から勇者の声が響いてくる。
リオンは地面を蹴って加速すると、脇目《わきめ》も振らず深夜の森を疾走した。
「……ああ、危なかった……勇者が出てくるなんて思わなかったな……」
どさりとベッドに腰掛けると、リオンは大きな息を吐いた。
ここは第三王女の屋敷、リオンの宿直室である。
リオンが屋敷に帰り着いたころには、すでに深夜を回っていた。
ベッドに体を横たえ、リオンは考えを巡らせる。
想定外のこともあったが、ひとまずクレハの仲間は助け、首領は倒した。
これで、クレハが敵に回ることはないだろう。
あとは、彼女の顔を知っている可能性がある者たちを全員排除すればいい。
リオンは、アジトから持ち帰った資料を懐《ふところ》から取り出す。
その資料には、組織の支部などが記されていた。
他のアジトをすべて潰せば、クレハを知る者もいなくなるだろう。
そこまですれば、クレハの件は終わりだな……
リオンは一つ息を吐くと、髪の毛の色を確かめる。
まだ黒髪のままだったが、念のため、染色薬を飲んでおいた。

その薬は、先日、自分で作った試作品である。

リオンはベッドから起き上がると、墓所から持ってきた鞄を開けた。

中には円盤状の魔道具が入っている。

魔力が溜《た》まっていることを確かめ、魔道具を起動させた。

明かりが灯《とも》ると、円盤の上に小さな人影が現れる。

リオンは思わず笑顔になって、その人影に目をやった。

あちらも気づいたのだろう、優しい笑みを浮かべてリオンを見つめた。

人影が口を開く。

『やあ、愛《いと》しい我が子。連絡してくれて嬉しいよ。染色薬は作れたかい？』

リオンはうなずいて、答えた。

「うん、シオネル。抽出道具も揃《そろ》えて、なんとか作れたよ。効果も問題ないみたい。……それにしても、シオネルがくれた鞄は神代遺物《アーティファクト》だったんだね。こんなすごいもの、もらってよかったの？」

神代遺物《アーティファクト》とは、今では失われた魔法技術で作られた魔道具などのことである。

墓所にあるものは、すべて神代遺物《アーティファクト》級のアイテムばかりなのだ。

動く絵のようなシオネルは、すぐに首を振る。

『なにを言う、愛し子よ。墓所にあるものは、すべて使っていいと言ったじゃないか。もっとたくさん持たせてあげればよかったと後悔しているところさ』

「薬草と通信魔道具だけで充分だよ。ありがとう、シオネル」

先日、リオンは、鞄の中に薬草と魔道具が入っていることに気がついた。

墓所と通信できる魔道具だと分かると、リオンは、さっそく育ての親の一人、シオネルに連絡を取ったのである。

通信魔道具は膨大な魔力を消費するため、毎日使えるものではない。

リオンは手短に、先日あった出来事をシオネルに話した。

さながら、学校であったことを親に話す子どもである。

「この前、ボルドが女神になっているのを見かけてさ……」

格闘家ボルドが慈愛の女神として伝わっている話をすると、シオネルは珍しく盛大に吹き出し、その後、興味深そうに言った。

『ふーむ。私たちのことは、いろいろねじ曲がって伝わっているようだね』

シオネルが続ける。

『まあ、神格化されるのは分からなくもないよ。なにせ私たちは――〈古《いにしえ》の十傑王〉だもの』

〈十傑王〉――この国には神話に名を残す十人の王がいる。

彼らは伝説上の人物だと思われているが、確かに存在したのだ。

シオネルたち墓所に住まう者たちは、その十傑王たちの魂――王霊なのである。

墓所にある十基の墓標は、存在しないと思われている〈十傑王〉の墓だった。

シオネルが、顎《あご》に指を当てて尋ねる。

『それで……私や他の王たちもでたらめに伝わっているのかい？』

リオンが答えようとしたそのとき、大きな声が聞こえてきた。

『あ！　シオネル！　またリオン坊と話していますね⁉　ずるいですよ！』

すぐに円盤の上に人影が割り込んでくる。

学者風の男を見て、リオンは声を上げた。

「ウェルナー！　この前はぜんぜん話せなくて……」

割り込んできたウェルナーは、息せき切って尋ねた。

『リオン坊！　大丈夫なんだろうね？　正体はバレてない？　染色薬は作れたの？』

矢継ぎ早に尋ねるウェルナーに、リオンは思わず笑ってしまう。

「大丈夫、大丈夫。あ、そういえばウェルナーは武神として伝わってるよ？」

多くの騎士たちがウェルナーを武神として信仰しているのを、リオンは耳にしていた。

ウェルナーが一瞬固まると、驚いたように声を上げる。

『なんだって！　僕が武神⁉　暴力が嫌いなことで有名だったのに……ひどいじゃないか！』

背後でシオネルが大笑いしているのが聞こえてきた。

ウェルナー王の異名は、守護王。

平和を愛し、争いを断固拒否する心優しい王だったのである。
しばらくすると背後が騒がしくなってきた。
他の王霊たちも、通信していることに気づいてやってきたのだ。
『シオネル、貴様、また抜け駆けを！』
『我はまだ一度も話していないぞ！』
『交代制にしようよ！　機会は平等にしないと！』
向こうが大騒ぎになったところで、魔道具の魔力が底をつき始めた。
リオンは慌てて皆に言う。
「ごめん、もう魔力が切れる！　また連絡するから！」
『わ、もう切れるって！』『だから我はまだ一度も』『おぬしがもたもたして』
皆の声が重なり、聞き取れなくなったところで通信は切れた。
リオンはひとしきり笑ったあと、長い息をつき、通信魔道具にそっと触れる。
次に話せるのは、少し先になりそうだった。
「おやすみなさい……父さんたち」
リオンは魔道具に声を掛けると、明かりを消し、満足して眠りについた。

数日後、夜――

リオンの宿直室に、珍しい客が訪れた。

その客人たちは、侍女姿のクレハに連れられていた。

彼女たちの姿を見て、リオンは大きなため息をつく。

クレハが口を開いた。

「この子たちが、あなたに仕えたいと言っているわ」

その客とは、もちろん先日助けた暗殺者の少女たちである。

しかも、少女たちは全員、侍女の制服を着ていた。

クレハは、セレスティア王女に、古い友人たちを侍女見習いとして雇ってもらえないかと相談していたのだ。

王女は快諾し、三人はさっそく昨日から屋敷で働いているという。

彼女たちの働きぶりは見事で、すでに評判になっているようだった。

侍女服に身を包んだ三人は、緊張した面持《おもも》ちでかしこまっている。

リオンが皆を見回して言った。

「好きにすればいいと言っただろう?」

クレハが三人の代わりに答える。

「しょうがないでしょう？　これが、この子たちの望みなんだから」

少女たちが、それぞれに名乗った。

「ツバキと申します」『カエデです！』『モミジはモミジ……」

三人は膝をつくと、リオンに頭を下げる。

代表してツバキが言った。

「私たち三人は同じ里の生まれです。里には、命を救われたら、その方に生涯忠誠を誓う習わしがあります。話し合った結果、私たちはその習わしに従うことにしました。リオン様に救っていただいた御恩は決して忘れません。どうか私たちの忠誠をお受け取りください」

リオンは少女たちを見て、もう一度大きなため息をつく。

クレハが、ふんっと鼻から息を吐いて、口を開いた。

「言っておくけれど、私はティア様に仕える身ですからね？　あなたと主従関係を結ぶなんてまっぴらだわ！」

そう言うと、目を逸らして付け加える。

「……でも、ティア様をお守りするためなら……協力してやってもいい」

ツバキたちがじとっとした目で、クレハを見た。

「この前、リオン様にお礼を言われて涙目になってたくせに……」

「ほんとほんと！　クレハ姉はひねくれてるよなあ！」

「モミジたちみたいに素直になれば――」

次の瞬間、三人の目の前の床に何本ものナイフが突き刺さっていた。

もちろん、クレハが投げたものである。

クレハが三人を鬼の形相で睨みつけて言った。

「なにか言った？　よく聞こえなかったんだけど」

三人は青ざめた顔で答えた。

「「「……何も言ってません……」」」

リオンがクレハに目をやると、彼女は真っ赤になりながら、慌てたように咳払いした。

「ま、まあ、そういうことだから！　私はあくまでも対等な立場で協力するわ」

四人は整列すると、リオンの前に並ぶ。

クレハは一つ息を吐いて気を取り直すと、わずかに笑みを浮かべて言った。

「リオン、私たちを上手く使いなさいよ」

続けて、ツバキたちが恭《うやうや》しく口にした。

「「「主様、なんなりと御命令を」」」

リオンは四人を見回すと、思わずつぶやく。

「……これも……想定してなかったなあ……」

こうしてリオンは、暗殺や諜報《ちょうほう》スキルを持つ四人の少女を配下に加えたのだった。

第三章 紋章都市への出立

そろそろ紋章式の日が近づいていた。

式は王国北部にある聖都クレスタで行われる。

クレスタは、起源の王が紋章を授《さず》けた地として伝わっており、紋章都市とも呼ばれていた。

紋章式は王族にとっては神聖な儀式だが、国民にとっては年に一度の大きなお祭りである。

街中を覆う華やかな飾り付けが有名で、この日、聖都はたくさんの人で賑《にぎ》わうのだ。

セレスティア王女は、執務室の窓から外を眺めていた。

彼女にとって、今年の紋章式は特別なものである。

成人した王女は、今回の紋章式で、初めて国民に紋章を披露するのだ。

彼女が左手の甲に触れると、肌に白い輝きが浮かび上がった。

これが〈王家の紋章〉。

王家の血を引く者は、必ず、左手にこの紋章を持っている。

紋章は遅くとも五歳までには発現し、鑑定を受けることによって紋章の種類が判明する。

紋章は全部で十種が確認されており、王族はそのうちの一つを持って生まれるのだ。

王女が軽く魔力を込めると、眼前の空間に〈王家の紋章〉が出現した。

紋章式では、このようにして紋章を披露するのである。

彼女には一つ野心があった。

紋章式でひときわ大きな紋章を掲げ、自分の存在を国内外に知らしめること――

そして、自分の王位継承順位を一つでも上げることである。

しばらくして、彼女は魔力を込めるのをやめ、紋章を消す。

胸に手を当てると、心の中で報告した。

お母様、ようやくこの時が来ました。

この紋章式は、お母様の夢を叶《かな》えるための第一歩です。

生前、セレスティアの母ルシオラは、いつも国のことを憂《うれ》いていた。当時は戦争ばかりで、民たちは疲弊し、親を失った孤児が各地に溢《あふ》れていたのだ。

母は平和な国になるよう毎日のように祈りを捧げていた。そして祈るだけでなく、人脈を活かして諸侯を動かし、民たちの救済策を提案するなど精力的に活動していたのである。

――ティアが大きくなるころには、もっと平和な国になっているからね。

それが母の口癖《くちぐせ》であった。

だが、そんな母が病に倒れ、戦争反対派の力が弱まると、戦火は瞬く間に広がった。

そして今もなお、戦争の火種はくすぶり続けている。

セレスティアは、そんな状況を変えたいのだ。

この王国を、母が目指した平和な国にしたい。

民たちが安心して暮らせる豊かな国を作りたい。

王女は目を閉じると、記憶の中の母に告げた。

だからお母様、ティアはお母様の夢を叶えるため——王位に臨みます。

王女には後ろ盾《だて》となる有力な貴族がおらず、王位など夢のまた夢だと分かっていた。

それでも、彼女は小さいころから政治や経済を学び、魔力の鍛錬や制御訓練を必死にこなしてきた。

最初は、ただ母を失った寂《さび》しさを紛《まぎ》らわせたかっただけかもしれない。

しかし、今では、母の夢は彼女自身の夢になっていた。

母ルシオラは、東大陸の魔法国ブラキアから嫁いできた王族だった。

ブラキアは、かつて〈魔女〉を擁する魔法大国として恐れられていた国である。

〈魔女〉とは、いまでは伝説の中でしか語られない世界最強の魔法戦力のことだった。

強大な魔力と多彩な魔法で、世界に恐怖を撒《ま》き散らす災厄《さいやく》の徒《と》——

だが、最強戦力たる〈魔女〉が生まれなくなると、ブラキア国は急激に弱体化し、今ではかつての面影《おもかげ》のないただの小国に成り果てている。

弱小国となったブラキアは、王家の娘を他国に嫁がせ、同盟を結ぶことでなんとか存続してきたのだ。

そんな魔法に縁深い国から来た母は、娘に膨大な魔力という贈り物を残してくれた。

そして、これはまだ誰《だれ》にも言わずに隠していることであったが――

王女は、すでに〈神器〉を顕現《けんげん》できるのである。

神器――王族が持つ固有武装のことを〈神器〉と呼ぶ。

神器は攻勢五種、守勢五種の十種からなり、それぞれが〈王家の紋章〉と対応していた。

紋章を持つ者は、遅かれ早かれ〈神器〉を顕現する時が来る。

つまり、王族とは、〈神器〉をその身に宿して生まれる存在なのだ。

古来、王族は〈神器〉を用いて敵を滅ぼし、民を守り、国を維持してきた。

故《ゆえ》に、王族は、できるだけ早く、かつ強力な〈神器〉の顕現を望まれるのである。

だが、昨今では、〈神器〉の弱体化と顕現時期の高齢化が進んでおり、エルデシア王国の衰退を招くのではないかと危ぶまれていた。

セレスティアは今年十三歳。

成人の歳で、〈神器〉を顕現できた者は現行の王族にはいない。

母から受け継いだ膨大な魔力と、この若さですでに顕現できる〈神器〉――

この二つで、彼女は他《ほか》の王位継承者たちと戦おうとしているのだ。

王女がふと庭に目をやると、クレハと護衛のリオンが何か言い合っているのが見えた。

クレハが他人の前で素を出すのは珍しい。

それに、クレハの雰囲気が変わったことにも王女は気づいていた。

纏《まと》っていた張り詰めた空気が消え、表情も物腰もずっと柔らかくなったのである。

まるで、長年の悩みから解放されたみたいね……

クレハがリオンと話すようになったため、執事や他の侍女たちも、彼に対する警戒を解きつつあった。

屋敷が平和なのはもちろん王女の望むところであったが、そこまであの護衛を信用していいのか、彼女はまだ迷っていた。

執事に現地調査をさせても、リオンの素性は推薦状の通りだった。

辺境に捨てられ、その地で育ち、魔物相手に剣技や体術を習得した若者リオン。

ギルドでも村々でも、悪い噂《うわさ》はまったくなかった。

それどころか、皆、リオンに感謝しているという。

しかも、その実力は、あの勇者ジゼルのお墨付きである。

だが、王女には腑《ふ》に落ちないところがあった。彼がなぜあそこまで強くなれたのか？

勇者ジゼルは彼の剣を評して、こう言った。

「自由奔放《ほんぽう》。なれど騎士の気高い精神を感じさせる剣ですわ。どことなく、お祖父《じい》様の剣を彷彿《ほうふつ》とさせますわね。お祖父様は古くから伝わる古流剣術を使われる方でしたから、リオンはどこかで昔の剣技を習ったのかもしれませんわ」

古流剣術……そんな剣技を使える騎士が辺境にいるだろうか？

それに、リオンの立ち居振る舞いや礼儀作法は、王女から見ても見事なものである。

決して、一朝一夕に身につくものではない。

加えて、ときおり見せる他を圧倒するような存在感は、高位の者が放つ独特の雰囲気によく似ていた。まるで、王と対面したときに感じる強烈な圧迫感さながらなのだ。

考えれば考えるほど、リオンが何者なのか分からなくなってくる。

辺境のリオン……あなたは一体誰なの？

じっと見ていたことに気づいたのか、リオンがこちらをちらりと見た。

彼女は思わず窓から離れ、壁際《かべぎわ》に隠れる。

そして、そんなことをしている自分に戸惑い、不機嫌になるのだ。

王女は長いため息をついた。

リオンがいつも自分を気遣ってくれているのは分かっている。そのことに少しだけ安心している自分がいることも認めよう。それでも……

彼女はなぜかリオンに頼ってはいけないような気がしていた。

彼に頼れば、自分が弱くなってしまうのではないか……

そんな気がして不安なのだ。

リオンの宿直室。深夜――

「クレハ、『哭蛇《こくじゃ》』の拠点はまだ残っているのか？」

「ええ。リオンが持ち帰った資料に寄ると……残りはあと三つね。次の襲撃は実戦訓練も兼ねてツバキたちに任せようと思うけど、それでいい？」

「そうだな。ツバキたちもだいぶ強くなってきたことだし、一度任せてみよう」

「分かった。伝えておく」

クレハの報告を聞いて、リオンは指示を出していく。

リオンは、クレハやツバキたちの安全を考え、その後も暗殺組織を潰《つぶ》して回っていた。

彼女たちを知る者がいなくなるまで続けるつもりである。

クレハが報告を続けた。

「それと……前任の護衛については、かなり調査が進んだわ」

リオンは、クレハたちに護衛の件も調べるよう指示していた。

前任の護衛は、クレハたちの組織の人間ではない。

別の依頼人から送り込まれた刺客だと考えられた。

暗殺に失敗し、捕縛された護衛は、奥歯に隠していた毒を飲んで自死したという。

その護衛を推薦した者が誰なのかは、公にされている事件の報告書でも伏せられていた。

おそらく、推薦者は高位の者なのだろう。

その線から辿《たど》るのは難しいと判断したリオンは、別のルートから探るよう指示していた。

手がかりは、犯人が使った毒である。

王宮の薬師や鑑定師にも、その毒が何なのか分からなかったのだ。

「リオンの予想どおり、犯人が飲んだ毒は特殊なものだと分かったわ。私たち暗殺者でもごく一部の者しか知らない毒で、泥大ナメクジという魔物から採れる猛毒よ」

「魔物の毒だったのか……それで？」

クレハが続けた。

「泥大ナメクジから毒が作れることは一般には知られていないわ。だから、素材を手に入れるために、黒幕が冒険者ギルドに依頼を出したかもしれないと考えたのよ」

リオンはうなずく。

「なるほど……依頼を出しても疑われることがないからだな？」

「そういうこと」

クレハは、わずかに得意げな顔で紙の束《たば》を取り出した。

「そこで、ギルドに行って、泥大ナメクジ関連の依頼を出した者の名簿をもらってきたわ」

リオンは紙束を見て驚く。

「え！　外部に出すものじゃないだろう？　どうやって……いや、いい。聞かない方が良さそうだ」

クレハがにやりとした。

「賢明な判断ね」

リオンも、クレハの優秀さには驚かされていた。王女が側近候補にしたのも納得である。

椅子《いす》の背もたれに体を預けると、リオンは考えを巡らせた。

「そんな毒を知っているくらいだ……敵は魔物の生態に詳しい。魔物の研究者か、あるいは研究者を雇えるほどの資金を持っている人物だろう」

「そうね……名簿を調べれば、その人物に辿り着くかもしれない」

リオンがうなずく。

「分かった。引き続き調査を進めてくれ。敵は高位の者である可能性が高い。素性がはっきりしていても一度は疑うんだ。場合によっては住居に侵入して欲しい。できるか？」

クレハが心外そうに目を細めた。

「あたりまえでしょう？　誰に言っているの？」

リオンが肩をすくめると、クレハは手元の資料に目を落として言う。

「ねえ。黒幕は高位の者で、資金力があり、ティア様に消えて欲しいと思っている人物よね？もしかして……」

リオンはクレハの予想を先回りして言った。

「第六王子のヘルマンか……それは俺《おれ》も考えた」

確かにヘルマン王子は条件にも合い、動機もある。

ヘルマンが王位を狙《ねら》うつもりなら、まずはセレスティア王女を排除する必要があるからだ。

リオンは、ふと幼いころのヘルマン王子の姿を思い起こす。

昔、リオンは王宮でヘルマンを見かけたことがあるのだ。

ヘルマン王子は直情的で、気に入らないことがあると癇癪《かんしゃく》を起こすような子どもだった。

護衛として暗殺者を送り込むには、事前の準備と相応の根回しが必要だったはず……

衝動で動くあのヘルマンがそこまで計画できるだろうか……？

リオンはしばらく考えたあと、判断を保留しつつ口を開いた。

「断定は危険だ。だが可能性はある。ヘルマンも今回紋章を初披露するからな。魔力の豊富な王女と比べられては堪《たま》らないだろう。その前に手を打とうと考えるのもうなずける話だ」

「だからと言って、ティア様に手を出すなんて……！」

怒りをにじませるクレハに、リオンは言う。

「仮にヘルマンが黒幕だとしても、殺そうとしたかどうかまでは分からない。ただの警告のつもりだったかもしれないからな……だが――」

リオンが静かに続けた。

「誰がやったにせよ、許すつもりはない」

「……当然でしょ？」

クレハが硬い表情で同意する。

しばらくして、彼女が尋ねた。

「ところでそろそろ紋章式だけど、聖都への道中、警護はどうするつもり？　敵が高位の者なら、ティア様の警護と称して、刺客を送り込んでくるかもしれないでしょう？」

リオンはすぐに答える。

「それなら問題ない。計画があるんだ」

リオンが計画を説明すると、クレハは露骨に嫌そうな顔をした。

「なによそれ？　なんでティア様と二人きりなの？　おかしいでしょ？　私も同行する」

リオンは首を振る。

「いや。クレハには王都に留まってもらいたい。引き続き、暗殺未遂事件の黒幕を追って欲しいんだ。頼まれてくれないか？　これは――クレハにしかできない任務なんだ」

「……え？」

クレハは驚いたような表情を見せたあと、口元をもごもごさせた。

顔が緩みそうになるのを堪《こら》えているようである。

「へ、へえ……私にしかできない任務ね……そう……それなら仕方ないか。それに、黒幕を突き止めた方がティア様のためにもなるしね……。分かった。百歩譲って引き受けてあげる！」

上機嫌になったクレハを見て、リオンは続ける。

「助かるよ。それで警護隊の方にはツバキたちを同行させたいんだが……どうだろう？」

クレハはすぐにうなずいた。

「いいんじゃない？　あの子たちも、もっとリオンの役に立ちたいと言っていたし」

「そうか。じゃあ手配を頼むよ」

「了解」

クレハは緩んだ口元を隠すようにして宿直室を出ていった。

彼女の気配が消えたところで、リオンはふうと長い息をつく。

クレハたちがいることで格段に動きやすくなったが、気を使うことも増えていた。

「クレハはティアのことになると突っかかってくるし、ツバキたちも使ってあげないといじけるし……女の子は難しいよ……」

ああ、疲れた……

リオンはもう一度大きな息をつくと、机にぐでっと突っ伏した。

＊　＊　＊

エルデシア王宮、第六王子ヘルマンの私室——

ヘルマン王子が魔力を込めると、魔力測定器の針がどんどん上がっていく。

しばらくして彼が魔力の放出を止めると、指導教官である宮廷魔術師が驚きの声を上げた。

「ヘルマン殿下、素晴らしい魔力量です！　この短期間で三割も増えておりますぞ！　やはり基本を繰り返すことによって魔素の収斂《しゅうれん》が――」

「もういい。お前はクビだ」

ヘルマン王子が冷たく言い放った。

彼の意外な言葉に、魔術師は目を瞬かせる。

「え！　な、なぜですか⁉　この成果は私の指導で――」

「お前の指導など何の役にも立っていない！　そんなことも分からないのか⁉」

「しかし現に……！」

ヘルマンは魔術師の言葉を遮《さえぎ》り、怒声を浴びせた。

「お前の言うとおりにやってきたこの三年間、僕の魔力量はまるで上がらなかった。いま、魔力が上がったのは別の方法によるものだ！　この無能が……即刻この部屋から出ていけ！　さもなくば――斬《き》る！」

「ひぃいいぃ！」

王子が剣に手を伸ばすと、男性魔術師が転げるように部屋を出ていった。

その姿を見て、ヘルマンはさもおかしそうに笑い声を上げる。

「ははははっ！　いい気味だ！」

どさりと長椅子に腰掛け、ヘルマンは大きく息をついた。

その顔には堪えきれない笑みが浮かんでいる。

彼は上機嫌だった。

それもそのはず、なかなか上がらなかった魔力量が面白《おもしろ》いように上がり、ライバルを蹴落《けお》とす算段もついたからである。

王子はポケットから小瓶《こびん》を取り出すと、満足そうな表情で眺める。

中には白い錠剤が入っていた。

その薬は一時的に魔力を上げる効果があり、常用しなければ副作用も少ないという優れものだった。

ヘルマンはこの薬を使って魔力を上げ、紋章式に臨むつもりなのである。

「くくく……こんな薬まで開発していたとはな。護衛を送ってヘマをしたときはどうなることかと思ったが、なかなか使える奴《やつ》じゃないか！」

王子は目を閉じると、積年のライバルの姿を思い起こし、口の端を上げた。

セレスティア、お前の魔力が多いのは、母親の血統を受け継いだだけだ。

だが、その血統がお前を破滅させるとはな……なんて……

なんて、滑稽《こっけい》なんだ！

ヘルマンは思わず吹き出しそうになる。

紋章式当日が、お前の最後だ。

お前の血統が明らかになれば、きっと大騒ぎになるだろう。

式への参加など許されるはずがない。

打ちひしがれるお前を尻目《しりめ》に、僕は巨大な紋章を披露しよう。

他の王族たちや貴族たち、僕の魔力量の少なさを馬鹿《ばか》にしていた連中が、こぞって僕を見直すことになる。

ああ、その光景が目に浮かぶようだ。

ようやくだ……ようやく僕が認められる日が来る。

ヘルマン王子は下卑《げび》た笑みを零《こぼ》した。

セレスティア、クソ生意気な僕の義妹よ。

僕がお前に引導を渡してやる！

＊　＊　＊

貴族学校も連休となり、いよいよ第三王女一行が紋章都市へと出立する日がやって来た。

馬車三台と警護の騎士たちから成る馬車隊が、屋敷の前で準備を始める。

王家から貸し出された立派な馬車に、侍女たちが乗り込んでいった。

エルデシア城には、紋章都市まで瞬時に移動できる〈転移門〉が設置されているが、〈転移門〉を動かすには膨大な魔力が必要であり、緊急時にしか使用されない。

王族と言えども、通常は馬車で移動するのだ。

セレスティア王女は馬車隊の隊長に挨拶《あいさつ》した。

「隊長。道中、よろしくお願いしますね」

隊長は深々と頭を下げると、緊張した面持《おもも》ちで口を開いた。

「セレスティア殿下。この度はご指名ありがとうございます。我ら一同、全力で殿下をお守りし、聖都まで無事にお連れする所存です！」

王女は笑みを浮かべると、隊長にうなずいた。

馬車隊の隊長は、リオンが護衛試験の決勝戦で当たった対戦相手である。

リオンは、セレスティア王女に、警護を彼らの騎士団に依頼するよう進言したのだ。

知らない者に頼むより、よほど安全だからである。

護衛であるリオンは、さっそく隊長と打ち合わせた。

紋章都市までの経路はいくつかあるが、今回は峠越えの道を使うことになっていた。

リオンが警護態勢について確認していると、クレハがさりげなく近づいてきた。

囁《ささや》くようにして彼女が言う。

「……名簿の下調べが終わったわ。これから一人ずつ探っていくつもり」

「分かった。あとは頼んだぞ」

リオンが、クレハに王都での調査を命じたのには理由があった。

今が絶好の機会だからである。

王都から貴族たちが出払い、警備が手薄になるこの時期は、何をするにも都合がいいのだ。

リオンが続ける。

「……だが、できるだけ早く終わらせて紋章都市に来てくれないか？　セレスティア様もクレハに晴れ姿を見てもらいたいだろう」

クレハは、意外そうな顔でリオンに目をやった。

「ふん、言われなくてもそうするわ。それより……ティア様に何かあったらただじゃおかないからね？」

「分かっている。では聖都で会おう」

クレハが後で合流するということで王女はやや不安げな表情を見せたが、クレハが「リオンさんに任せておけば大丈夫ですよ」と彼女を元気づけた。

先頭の馬車に王女が乗り込むと、不要な荷物なのか馬車から大きな箱が持ち出され、いよいよ一行の準備が整った。

隊長の号令で、馬車隊が動き始める。

「第三王女馬車隊は、これより紋章都市クレスタに向け、出発する！」

「ティア様、お気をつけて！　クレハもすぐに参ります！」

クレハや屋敷に残る侍女たちが馬車に手を振った。

一団が見えなくなったところで、クレハはさっそく行動を開始する。

「さて……私も動くとしましょう」

クレハは部屋に戻って準備をすると、屋敷を出て、城下町に向かった。

＊＊＊

馬車に揺られて小一時間ほど経《た》ったところで、先行していた斥候《せっこう》が戻ってきた。

峠道に問題なし、という報告である。

まれに峠道には倒木があり、馬車が通れない場合があるのだ。

「よし、このまま峠道に入る。各自、警戒を怠るな！」

先頭の馬上から隊長が声を掛けると、隊員たちが改めて気を引き締めた。

馬車隊は山道に入り、緩やかに曲がった道を進んでいく。

ほどなくして、右側に崖のある一本道が見えてきた。

崖はかなり高く、眼下には鬱蒼《うっそう》とした森が広がっている。落ちれば助からない高さだったが、幸い道幅は広く、ところどころに馬車がすれ違うための退避場所も作られていた。

隊長が王女の馬車に目をやる。

御者席には副隊長が座り、自ら手綱を握っていた。

隊員たちは、隊長から、襲撃の可能性があることを伝えられていた。

王女の暗殺未遂事件があったばかりなのだ。その可能性は充分考えられる。

警戒を強めながら、馬車隊は慎重に道を進んでいった。

峠道の中ほどを越えた、そのときである。

「ん……何だ？」

ぱらぱらと砂利《じゃり》が落ちてくることに気づいた隊員が、崖の上を見上げた。

隊員が立ち止まり、崖上に目を凝らす。そして——

「な……あれは⁉」

その影の正体に気づいた瞬間、隊員はすぐさま声を上げた。

「魔獣です！　崖の上に魔獣を多数発見！」

「なに⁉」『敵襲！　敵襲ううう っ！』『上からだ！　崖の上から来るぞ！」

隊員たちの反応は素早かったが、魔獣の方が早かった。

次の瞬間、魔獣の群れが一気に崖を駆け下りてきた。

隊長はすかさず馬を降りると、抜剣して声を上げる。

「総員抜剣！　防御陣形を作り、魔獣を迎撃せよ！」

隊員たちが抜剣し、王女の馬車を守ろうと駆けつけたが――もう遅い。

彼らの目の前で、馬車は突進してきた魔獣の巻き添えになり、崖から落ちていった。

「王女殿下が！」「馬車が落ちたぞ！」「副隊長は⁉」

隊員たちが口々に叫び、皆が大混乱に陥《おちい》る。

そこに飛び出してきたのは、侍女姿の少女たちだった。

「え！」「何だ⁉」「侍女だと⁉」

隊員たちの声を無視し、三人の侍女は手を握り合うと、すかさず崖から飛び降りる。

一番上の侍女が崖上にナイフを刺し、二人目、三人目が繋《つな》がりながら手を伸ばした。

「モミジ！　副隊長様を掴《つか》んで！」

三人は思いきり手を伸ばすと、落ちていく副隊長を掴む。

「もう少し……掴んだ」

がつんとした衝撃が走り、侍女たちが一瞬苦しげな表情を見せた。

「うわ！　き、君たちは⁉」

副隊長が声を上げる。

「副隊長様！　私たちを掴んで登ってください！　お早く！」

「わ、分かった！」

侍女たちが副隊長を助けたのだと気づくと、隊員たちがようやく我に返った。

魔獣を彼女たちに近づけないよう周りを固める。

副隊長が崖上に登りきったのを確認すると、侍女たちも下から登ってきた。

三人が崖上に姿を現すと、こんな状況にも関わらず、隊員たちが感嘆《かんたん》の声を上げる。

「す、すごい！」「この子たちは何者なんだ⁉」「副隊長もご無事だ！」

助けられた当人である副隊長は、荒い息で立ち上がると、すかさず叫んだ。

「馬鹿者！　騒いでいる場合か！　まずはこの場をどうにかするんだ！　残った魔獣を馬車に近づけるな！」

「「「おう！」」」

混乱していた隊員たちが、秩序を取り戻し始める。

副隊長が侍女たちに礼を言うと、代表らしい少女が首を振った。

「いいえ、ご無事でなによりです。では私たちも魔獣掃討に加わります。――行くよ！」

三人の侍女たちが、先を争うように魔獣へと駆けていく。

もちろん、彼女たちは暗殺者の少女、ツバキ、カエデ、モミジの三人である。

彼女たちの信じがたい運動能力を見て、ぼう然としていた隊長も我に返って大声で命じた。

「侍女たちに遅れを取るな！　魔獣を各個撃破せよ！」

隊員たちは、素早く馬車を後退させると、魔獣を一匹ずつ包囲し始める。

そのときすでに、三人の侍女たちは戦闘を開始していた。

彼女たちは岩壁を駆け、ときに崖下から回り込み、魔獣を次々と仕留めていく。

ナイフと体術を使った連携攻撃は鮮やかで、みるみるうちに魔獣が倒れていった。

彼女たちの手足が、ぼんやりと光を放っている。

見る者が見れば、それが魔力による〈身体強化〉だと気づいただろう。

隊員たちが、侍女たちの手際《てぎわ》を見て、息を呑《の》む。

リオンは時間が許す限り、クレハやツバキたちに戦闘訓練を施していた。

彼女たちは体重が軽く、敏捷性《びんしょうせい》は高いが、その分、一撃の威力は弱い。

攻撃の威力を上げるためには、魔力による強化が必要不可欠なのだ。

リオンが彼女たちに教えているのは、魔力による〈身体強化〉と魔力を乗せた〈魔拳〉や〈魔脚〉による徒手戦闘技術だった。

これは、格闘王の異名を持つボルドから教わった近接格闘術である。

この格闘術の訓練によって、クレハやツバキたちの戦闘能力は飛躍的に上がっていた。

しばらくして、大方の魔獣を撃退すると隊長が声を上げる。

「まだ生きている魔獣に止めを刺せ！　負傷者を確認！　被害状況を報告せよ！」

命令を受けて、隊員たちがそれぞれに動き始めた。

隊長は馬車隊の様子を見て、震えた息を吐く。

壊れた馬車や負傷した隊員、犠牲になった馬はいたものの、どうやら人死は出ていない。この程度の被害で済んだのは、あの侍女たちのおかげだった。

隊長は青ざめた顔で崖下の森を見下ろす。

しかし、まさか……

ごくりと唾《つば》を呑み込む。

まさか本当に襲撃があるとは！

しかも魔物による襲撃……リオン殿の予想どおりではないか！

副隊長が駆け足でやってきて、隊長に報告した。

「負傷者は五名。いずれも軽傷。荷物も他の侍女たちも無事です。しかし隊長……」

副隊長は固い表情で続ける。

「リオン殿の言うとおりになりましたね……私もあの子たちがいなければ危なかった……」

騒ぎが収まると、隊長はすぐに隊員を集め、説明した。

早く説明しなければ、混乱が広がるからである。

「皆、よく聞いてくれ。黙っていて済まなかったが……あの馬車にセレスティア様は乗っていない！」

「「「「えええええええ!?」」」」

隊員たちが一斉に声を上げた。隊員の一人がすぐさま質問する。

「で、でも！　自分は、王女殿下が馬車に乗り込むところを見ました！」

他の隊員たちも同意する中、隊長は続ける。

「出発間際《まぎわ》、セレスティア様の馬車から大きな荷物を運び出しただろう？　殿下はあの箱の中に身を潜めておられたのだ！　どこで誰が見ているか分からないため、殿下も屋敷の者たちも、全員、演技されていたのだ！」

隊員たちがどよめいた。

しかし、確かに先ほどの侍女たちだけでなく、他の侍女たちも静かにしている。

つまり、使用人たちは、全員このことを事前に知らされていたのだ。

それに、考えてみれば護衛のリオンもいないのである。

隊長が続けた。

「この計画はすべてリオン殿が提案されたものだ。襲撃を予想されたリオン殿は我らに囮役《おとりやく》を頼まれた。これはまさに、殿下をお守りする名誉ある任務だと知れ！」

「そ、そういうことだったのか！」『よかった……殿下が無事で本当によかった！」

隊長が副隊長にうなずくと、今度は彼が説明する。

「みんないいか！　リオン殿は、もし襲撃があったら犯人につながる手がかりを探すよう指示された！　これは私たちにしかできないことだ。崖上の魔獣出没場所、崖下に落ちた馬車、あらゆるところを調べ、なんとしても襲撃犯の痕跡《こんせき》を探す！　みんな、かかれ！」

「「「はっ！」」」

隊員たちは、分担を決めて現場を調べ始める。

ツバキたちも集まると、隊長に報告した。

「私たちも調査に加わります。崖下の馬車を調べて参りますので」

あれほどの戦闘だったにも関わらず、侍女たちに疲労した様子はない。

それどころか、むしろ嬉《うれ》しそうな表情を浮かべていた。

隊長が思わず尋ねる。

「もちろん、それはありがたいが……君たちはその、何なんだ？」

ツバキが首を傾げて答えた。

「え？　私たちはただの侍女見習いですが……」

隊長は「あんなことができる侍女がいるものか」と思ったが、口には出さなかった。

三人は頭を下げてその場を辞すると、すぐに崖下に降りる算段をし始めた。

「私が降りる」「また一人で主様《あるじさま》に褒《ほ》められようとしてー！」「モミジも褒められたい……」

侍女たちの姦《かしま》しい様子を横目に、副隊長が肩をすくめて言う。

「あの子たちなら、すぐに手がかりを発見しそうですね」

「ああ。おそらく侍女でありながら護衛もできる人材なのだろう。リオン殿が指導したのかもしれんな……。とにかく、リオン殿の言うとおりなら、なにか仕掛けがあるはずだ。それを見つけるぞ」

「はっ！」

副隊長が捜索に加わるために走っていくと、隊長はふうと長い息を吐いた。

「さすがはリオン殿だ。あちらも無事だといいが……」


そのころ、セレスティア王女は――

「お嬢様、そろそろ一休みしましょうか」

「……なによそれ」

「商家のご令嬢とその護衛という設定ですから」

馬車の前窓から顔を出したセレスティア王女は、御者席のリオンを見て、ため息をついた。

ここは主要な街道からも離れた田舎道《いなかみち》である。

王女は峠越えの道も、街道沿いの道も通らず、別の経路で紋章都市へ向かっていた。

それも、護衛のリオンと二人きりで。

王女が不機嫌そうな顔で尋ねる。

「本当にここまでする必要があったの？」

「ご説明したとおり、都市への道中、襲撃される可能性が高いと判断しました。セレスティア様……お嬢様にはご不便をおかけしますが、御身の安全を考えれば、道を変え、目立たないよう都市に向かうのが最善です」

馬車隊の経路は、高位の者なら誰でも知ることができる。

リオンはそれを嫌って、今回の計画を提案したのだ。

隊列を組まず、二人だけで向かうのも、極力目立たないためである。

馬車も王家のものではなく、商人用の二頭立てのものを用意していた。

リオンが話を続ける。

「何もなければ、それはそれでいいことです。襲撃の可能性については隊長に言ってありますから、敵に遅れを取ることもないでしょう。彼らは手練ですからね」

そこまで言ったところで、車輪が石を踏み、馬車が揺れた。

「きゃ！」

「セレスティア様！」

王女が前のめりになったところを、リオンがすかさず体を支える。

気まずそうに体を起こした王女に、リオンは馬車を停め、提案した。

「こうして話すのはいささか危のうございますね。天気も良いことですし、よろしければ御者席で風に当たりませんか？　お隣ならすぐに支えることもできますので」

王女はしばらく考えたあと、リオンの提案に乗ることにした。

話しにくいことも事実だったが、どちらかと言うと、彼の変化に興味があったのだ。

二人きりで馬車の旅を始めてから、彼の張り詰めた警戒感が薄らぎ、雰囲気が柔らかくなったのである。いや、それどころか――

わくわくしているみたい……一体なんなの……？

王女が馬車を降り、御者席に座ると、リオンはゆっくりと馬車を走らせた。

景色を眺めるのにちょうどいいくらいの並足の速度である。

風が頰《ほお》に当たる感触が気持ちいい。

御者台は思ったよりも高く、遠くまで見通すことができた。

寒くないか、座り心地は大丈夫か、喉《のど》が乾いていないか、とやたら世話を焼いてくる護衛にややうんざりしながら、王女は口を開いた。

「それで、さっきの話の続きだけれど……魔物を使っての襲撃だったわね？　そんなこと本当にできるの？」

リオンはすぐに首を振る。

「分かりません。ですが、敵は魔物に詳しい人物だと考えられます。魔物に指示を出せるとは思えませんが、何らかの方法で敵対行動を取らせることは可能でしょう」

王女はふうんとうなずくと、隊長たちの安否に思いを馳《は》せる。

「囮になってくれた騎士団には何かお礼をしなければね……」

そう言った途端、リオンがふわりと微笑《ほほえ》んだ。

その笑みに思わずドキリとしてしまう。

彼があまりにも嬉しそうだったからだ。

な……なんなの……

リオンが言う。

「そんな風に思っていただけるなんて、彼らは本当に果報者ですね。このことを知れば、彼らはより奮闘し、セレ……お嬢様のために力を尽くすことでしょう。部下のことを気遣うなど、なかなかできることではありません。ご立派なお考えです」

持って回った言い方だったが、王女にはなぜか分かってしまった。

……そうか……この人は、私が隊長たちを気遣ったことが嬉しいんだ……

よくそこまで成長しましたね、みたいな……

その保護者的な思いを不快に思うより、彼女は不思議に誇らしい気分になった。

なぜかしら……兄様に褒められたときみたい……

王女はリオンの嬉しそうな横顔をちらりと盗み見る。

レオンハルト兄様が生きていれば、このくらいの歳だろうか……

こうして、兄様と二人で旅をすることもあったかもね。

セレスティア王女は、リオンとの道行に、あり得たかもしれない兄との旅を重ね、知らぬうちに微笑んでいた。

「……どうかされましたか？」

「え？」

不意にリオンが聞いてきたので、王女は慌《あわ》てて表情を引き締め、誤魔化《ごまか》すように言う。

「ま、まあ、隊長たちへのお礼はまた後で考えるわ」

「それがよろしいでしょう」

しばらくの沈黙の後、王女は何もない平原を眺め、口を開く。

「それにしても……何もないわね」

「ええ、何もございません」

その返答を聞いて、王女ははたと思い当たり、恐る恐る尋ねた。

「え……じゃあ、この先に街ってあるの？　宿は？」

リオンは神妙な顔で答えた。

「もちろん街もなければ、宿もございません。ですから——」

彼は王女の方を向くと、にこりと微笑む。

「今晩は野営ですよ、お嬢様」

「……やっぱりそうなるのね……」

セレスティアは深いため息をつくと、がくりと項垂《うなだ》れた。

＊＊＊

日が暮れる前に、リオンは馬車を止め、野営する場所を決めた。

森の側《そば》の平地で、近くに沢もあり、周りからも見えにくい場所である。

セレスティアは、野営の準備をしているリオンを横目で見て、小さく息をつく。

彼女は、二人きりの野営に居心地の悪さを感じていた。

野営の経験がないわけではなかったが、さすがに護衛と二人で夜を明かしたことはない。

ちらりと様子を窺《うかが》ってみても、リオンに特に変わった様子は見られなかった。

それどころか、いつもよりくつろいでいるように見える。

意識しているのは自分だけではないかと思うと、彼女は一層、不機嫌になった。

今夜一晩の我慢よ……明日には聖都に着くわ……

王女は自分にそう言い聞かせ、心を落ち着かせた。

馬車の扉を開け放ち、彼女は座席で紙の束に目を落とす。

大神官グスタフが書き記してくれた魔力を高めるための鍛錬方法である。

王女はいつものように、体内に魔力を流す練習を始めた。

しかし、どうにも集中できない。

視界の隅にちらちらと見える護衛の姿に心が乱されるのだ。

さらに悪いことに、突風が吹いてきて、手元の紙が数枚飛ばされてしまった。
ああ、もう！
紙は森の方へと飛ばされていく。
リオンの話では、その森に、それほど危険な獣の気配はないということだった。
王女は馬車を降りると、リオンの方を振り返る。
彼はちょうど水を汲《く》みにいくところだった。
「沢で水を汲んできますので、馬車にいてください」
「ええ、分かったわ」
リオンは返事を聞いて、沢の方へと歩いていく。
その後ろ姿を見て、王女はちょっとしたいたずら心を起こした。
戻ったとき私がいなかったら、どうなるのかしら……？
別にわざとじゃない。紙を拾いに行くだけだもの。
王女は小さく笑うと、一人で森に足を踏み入れた。
まだ、辛《かろ》うじて森の中にも陽《ひ》が差し込んでいる。
紙は点々と、木の根元にあったり、茂みに引っかかったりしていた。
王女は紙を回収しながら、森の奥へと進む。
彼女が最後の一枚を手に取ったそのときである。

――え？

木の陰から、黒い獣がのそりと姿を現した。

王女は息を呑み、身を固くする。

その獣は普通の狼《おおかみ》ではなかった。

狼の倍はある黒々とした毛並みの魔獣――黒狼《こくろう》である。

見れば、そこかしこの暗がりから、何匹もの黒狼が現れた。

いつの間に陽が傾いたのか、気づけば森の中は夜のように暗くなっていた。

その闇《やみ》の中に、赤く煌々《こうこう》と光る目がいくつも見える。

嘘《うそ》でしょ……魔獣がいるなんて！

王女は総毛立った。

体が震え、歯の根が合わずにかちかちと鳴る。

気丈な王女とは言え、まだ十三歳である。魔獣に囲まれた経験などもちろんなかった。

恐怖で涙が滲《にじ》み、視界がぼやけてくる。

お、落ち着いて……大丈夫……私にはあれがある！

王女は震えながらも、黒狼から距離を取るため後退《あとずさ》りする。

しかし、強張《こわば》った体は思うように動かず、木の根に躓《つまず》いて転んでしまった。

……しまった！

その瞬間、黒狼たちが牙《きば》を剝《む》き、一斉に飛びかかってきた。

もはや助からないと思われたそのとき――

獰猛《どうもう》な魔獣の群れが、彼女の小さな体を覆い尽くす。

「いやあぁっ！」

『キャウウウウッ⁉』

王女の体から青白い輝きが溢れ、黒狼の群れが一気に吹き飛ばされた。

枝にぶつかり、木の幹に激突し、魔獣が苦悶《くもん》の鳴き声を上げる。

座り込んだ王女の前方に、青白い障壁のようなものが展開されていた。

これが第三王女セレスティアの〈神器〉――〈絶対拒絶の盾〉である。

彼女は、守勢神器のうちでももっとも守備力の高い盾を授かっているのだ。

前回の暗殺事件でも、この盾が彼女を守ったため事なきを得たのである。

黒狼たちが頭を振って起き上がると、遠巻きに王女を睨《にら》んだ。

王女は刺激しないようにゆっくりと立ち上がると、木の幹を背にして黒狼たちと対峙《たいじ》する。

恐怖で体が強張り、手足がありえないほど震えた。

大丈夫……大丈夫よ！　私にはこの盾がある。黒狼の攻撃くらい何とでも――

そのときだった。

……え……

森の奥から、巨大な小山のような影が現れた。
黒狼たちが頭を垂れるようにして、その影に恭順《きようじゆん》の姿勢を取る。
王女は影を見上げ、ずるずると尻もちをついた。
彼女の三倍はあろうかという巨大な獣は、二つの頭を持っていた。
四つの目で王女を睨むと、喉の奥で低い唸《うな》り声を上げる。
その魔獣の名は、双頭狼《オルトロス》。
狼の王にして、この森の主《ぬし》であった。
……嘘……なんで……
双頭狼《オルトロス》の生息地は人の分け入らない森の深奥である。
こんな森の端まで出てくることなど考えられなかった。
圧倒的な恐怖に、見開いた目の端から涙が溢れた。
体がすくんで、声が出せない。
双頭狼《オルトロス》が一声唸ると、黒狼たちが再び獲物を威嚇《いかく》した。
今度こそ仕留めようというのか、黒狼は王女の周りを囲むと跳躍態勢を取った。
いや……やめ……やめて……
『ウォオオオオオオオオオンンッ！』
双頭狼《オルトロス》が大きく吠《ほ》えると、黒狼たちが王女めがけて殺到する。

飛びかかってくる黒狼の群れを見て、王女は――

リ――

喉から絞り出すようにして叫んだ。

「リオン！　リオオオオンッ！　助けて！　私はここよ！　助けてえええっ！」

その瞬間である。

「ティアアアアアァッ！」

王女の名を呼ぶ声が、尋常ではない速度で近づいてきた。

黒い弾丸のような影が王女の前で急制動を掛けると、衝撃で土砂が大量に吹き飛ぶ。

土煙の向こうに立っていたのは、もう見慣れた護衛服姿の男だった。

「リ、リオン！」

「お下がりください！」

リオンが抜剣し、豪快な水平斬りを放つと――

『キャウウウウッ！』『ギャンッ！』『ギイッ！』

飛びかかってきていた黒狼たちが、真っ二つに斬れ、肉片となって飛び散った。

「ご無事ですか！　セレスティア様！」

「え、ええ！　大丈夫よ！」

王女の様子を見て安堵《あんど》の息を吐《つ》くと、一転してリオンは憤怒の形相になった。

まだ黒狼数匹と双頭狼《オルトロス》が残っているのである。
リオンは、王女を守るようにして立つと魔獣たちを睨んだ。
その体から、目に見えるほどの殺気がほとばしる。
黒狼たちがびくりと反応し、怯《ひる》んだ。
リオンの殺気に呑まれているのである。
一瞬、その場が静まり返った。
だが、双頭狼《オルトロス》が一声吠えた途端、黒狼たちはリオンに襲いかかってきた。
周り中から、黒狼たちが殺到する。
リオンがひゅうと鋭く息を吐くと、空中に光の軌跡が何重にも走った。
パチンッと剣を鞘《さや》に納めた音が鳴った瞬間——
黒狼は空中で何十、何百にも斬り刻まれ、まるで爆発するかのように吹き飛んだ。
魔獣の鮮血が辺りの木々を真っ赤《まか》に染める。
だが、リオンには返り血の一滴すらついていなかった。
その技は、ガイスト流神速抜剣術〈無極〉。
剣豪王ガイスト直伝の高速抜剣技である。
……なん……なの……
王女の目が驚きに見開かれた。

彼女には何も見えなかったのである。
光が走ったかと思うと、黒狼が無数の肉片と化していたのだ。
信じられなかったが、彼は飛びかかってきた黒狼を今の一瞬で屠《ほふ》ったのである。
まさに鬼神のごとき強さであった。
……ここまで強かったの……リオン、あなたは一体……
黒狼を倒したリオンは、改めて双頭狼《オルトロス》と向き合う。
双頭狼《オルトロス》が牙を剝き出しにして、唸り声を上げた。
相手の力量を探るように四つの目がリオンに注《そそ》がれる。
リオンは魔獣に言った。
「やめておけ。お前の勘は正しい」
しばし、狼の王と人が睨み合う。
人の言葉が分かるわけではなかったが、野生の直感が双頭狼《オルトロス》に告げていた。
これには絶対に勝てないと。
双頭狼《オルトロス》は小さく唸ると、踵《きびす》を返し、森の奥へと消えていく。
その姿が見えなくなるまで、リオンは警戒を解かなかった。
……あ……
不意に、王女は、リオンの背中を見て、懐《なつ》かしい思いに駆られた。

ずっと昔、これと同じようなことがあったのだ。

彼女が一人で森に入り、野犬に襲われそうになったところを、兄のレオンハルトが助けたのである。

兄は震えながらも妹を背中に守り、一歩も引かなかった。

睨み合いの末、根負けした野犬はすごすごと森の奥に帰っていったのである。

その晩、怖い思いをした彼女は熱を出し、兄にとても心配を掛けたのだ。

あのときと同じだわ……

王女は思わず、リオンの背中に手を伸ばす。

……レオンハルト……兄様……

安心して気が緩んだのか、王女はふらついて倒れた。

どさりと倒れたところをリオンがとっさに抱きとめる。

「セレスティア様！」

王女は泣きそうな顔で覗《のぞ》き込んでくる護衛を見て、思わず笑いそうになった。

なにその顔……あの晩のレオン兄様みたい……

彼女はわずかに微笑むと、リオンの腕の中で気を失った。

セレスティアが目を覚ますと、目の前には焚《た》き火の炎があった。

その暖かさに、彼女は深い安堵を覚える。

体を起こすと、すぐにリオンが駆けつけ、彼女の前に膝《ひざ》をついた。

頭を下げ、固い声で言う。

「セレスティア様。自分がついていながら、大変申し訳ありませんでした」

目の前で頭を下げる護衛を見て、王女はばつが悪そうな表情になった。

「……あれは……その……私が……」

「いえ、警戒を怠ったのは自分の責任です。弁解の余地もございません。……ですが、森に入った理由をお聞きしてもよろしいですか？」

王女が説明すると、リオンは納得した。

「なるほど、大神官様からいただいた指南書でしたか。それは貴重なものですね」

「……怒らないの？」

リオンは首を大きく振った。

「セレスティア様がどのような行動をされようとも、お守りするのが自分の役目です。ですから、今回の件は完全に自分の失態です。面目次第もございません」

しばらくして王女は一つ息を吐くと、頑固な護衛の言を受け入れた。

「分かったわ……。それにしても双頭狼《オルトロス》が出るなんてどういうことかしら……」

リオンも首をひねる。

「分かりません。この森に魔物の気配はごくわずかでしたし、双頭狼《オルトロス》がいるにしても森のずっと奥のはずです。なにか理由があって森の端まで出てきたところに、ちょうど出くわしたのかもしれません」

王女は双頭狼《オルトロス》の恐ろしい姿を思い出し、ぶるりと震えた。

「それで……もう危険はないのね？」

「はい。あそこまでやれば襲ってくることはないでしょう。もちろん警戒は続けますが」

あれだけ強いリオンが言うのだ、おそらくその通りなのだろうと王女は思う。

彼女はふと、足首に薬草が巻いてあることに気づいた。

「これは……？」

リオンは王女に説明した。

「足首を軽くひねっていたご様子でしたので、森で採った薬草を使いました。腫《は》れはすぐに収まると思います。……お体に触れましたことはお許しください」

彼女はさっと足を隠し、顔を逸《そ》らす。

かすかに熱くなった顔を見られたくなかった。

「ま、まあ、いいわ。それで、今後の予定だけど――」

慌てて話題を変えようとした王女のお腹《なか》が、ぐうと小さく鳴る。

王女は耳まで真っ赤になって、うつむいた。

リオンは微笑むと、すぐに温かいスープを持ってきた。

「先にお腹に何か入れた方がいいでしょう。まずはスープで体を温めてください」

「そ、それもそうね……」

王女は気を取り直し、スープの入った木製のカップを手に取ると、口をつける。

一口飲んで、彼女は驚いた。

「おいしい。これはあなたが？」

リオンは嬉しそうな表情を見せると、鍋をかき混ぜた。

「はい。食料は積んでありますが、森でキノコを見つけましたのでそれも使いました」

「ふうん……」

王女がスープを飲み干すと、リオンは次の料理を差し出す。

「干し肉がありましたので、少々熱を加え、香辛料で味付けしました。パンで挟んでそのままお召し上がりください」

そのような野趣溢れる料理は初めてだったが、一口かじってみると、とてもおいしい。

王女はぺろりと平らげ、お代わりまでもらった。

その様子を、リオンが嬉しそうに眺めている。

見つめてくる視線にやや気まずさを覚え、王女は尋ねた。

「……随分、こういうことに慣れているのね」

「野営することですか？　自分は辺境で育ちましたので、これが日常でした」

リオンは思い出すかのように目を細める。

王女は、彼の素性を確かめる良い機会だと考え、彼に聞いた。

「どういう風に育ったら、あそこまで強くなれるの？」

彼は少し考える素振りを見せたあと、答える。

「そうですね……自分は辺境の森で育ったのですが、その森は魔物が多く、生き延びるためには戦うしかありませんでした」

「でも、魔物と戦ったからといって、剣技を覚えることはできないでしょう？」

王女の問いに、リオンは声をひそめて言う。

「実はこれは秘密なのですが……」

「……秘密……？」

王女が身を乗り出す。

「その森の中に避難所のような建物があったのです。そこには昔の書物が大量に保管されていて、その中に剣術や体術、格闘術の指南書もたくさんありました。自分はそれを読み、見様見真似《まね》で魔物相手に使いながら、実戦の中で覚えていったのです」

それを聞いて、彼女は勇者ジゼルが言っていたことを思い出した。

（リオンはどこかで昔の剣技を習ったのかもしれませんわ）

なるほど……昔の書物から覚えたのなら辻褄《つじつま》は合うのか……

礼儀作法も本で学んだのかもしれないわね……

しばらく黙っていると、リオンが口を開いた。

「こちらからも、少しお聞きしてよろしいでしょうか？」

「え？　……ええ、なに？」

「さきほどの盾が、セレスティア様の〈神器〉ですか？」

彼女は驚いた。

王都の人間なら〈神器〉のことを聞いたことはあるだろうが、辺境で育ったリオンが知っているとは思わなかったのだ。

それに〈神器〉のことは、まだ誰にも話していない。

言うべきかどうか迷って、王女は黙り込む。

その様子を見て、リオンは謝った。

「……申し訳ありません。〈神器〉を顕現できることを秘密にされているのですね？　決して誰にも漏《も》らしませんので、ご安心ください」

その洞察力に彼女は息を呑んだが、しばらくして諦《あきら》めたように息をつく。

……この人は頭がいい……強いだけじゃないことは、もう分かっていることだわ……

すべてを見透かされているようで腹も立ったが、正直に言えば、同時に頼もしさも感じていた。

王女はふと思う。

彼が護衛としてだけでなく、これからのことも一緒に考えてくれれば……

しばらく静かになり、木が爆《は》ぜる音だけが辺りに響いた。

思えば、こんなにのんびりしたのは久しぶりである。

リオンは食事の後片付けを終えると、お茶を淹《い》れ、王女に勧めた。

一口飲むと、ほんのりと甘く、体が温まる。

聞けば、持参した茶葉に森で採った薬草を混ぜたのだという。

消化を助け、体を温める効果があるのだとリオンは説明してくれた。

……ふふ……まるで森の主ね……

リオンが王女に言う。

「抱えている仕事が多くて大変でしょう。紋章式の間くらい、周りの者に任せてのんびりと羽を伸ばしてください」

「そうね……でもやりたいことが多くて……」

リオンがふと尋ねた。

「セレスティア様は、なぜあれほどいろいろなことを思いつかれるのですか？　何か秘訣《ひけつ》があるのでしょうか」

王女はしばらく考えると、打ち明けることにする。

この護衛のことを、少しは信用してもいいのではないかと思い始めているのだ。

「これは秘密よ？」

「誓って誰にも申しません」

王女は話し始める。

「私がやっていることの多くは、お母様が考えられたことなのよ」

リオンは黙って、王女の言葉を待った。

「お母様は、様々な計画や事業の案を覚え書きとして残されたの。私は、その案を時代に合うように改良して、提案しているだけ。他にも、お母様がこの国に持ち込まれた書物も参考にしているわ。東大陸のブラキア国を知っている？　そこがお母様の出身国よ。落ちぶれた小国と侮《あなど》られているけれど、あの国の技術や習慣には素晴らしいものがあるわ。民のためにも、もっと、あの国の文化を取り入れるべきなのよ」

リオンは深くうなずくと、口を開く。

「つまり、セレスティア様はお母様のご意志を継いでいらっしゃるのですね。ご立派です」

「そう……かしら……？」

「ええ。お母様もさぞ誇らしく思われていることでしょう」

リオンにそう言われて、王女は表情にこそ出さなかったが、とても嬉しくなった。

「セレスティア様にはお母様の影響がとても大きいようですね。どんな方だったのですか？」

リオンにそう水を向けられ、彼女は母の姿を思い浮かべる。

こうして外でお茶を飲んでいると、王宮の庭園でのことが思い出されてきた。

よく母と兄と三人で、お茶を飲みながら、おしゃべりに興じていたのである。

彼女はぽつりぽつりと昔のことを語り出した。

思い出すのは優しかった母と頼もしい兄のことばかりである。

「――お母様はいつも王国が平和になるよう願っていたわ。レオンハルト兄様は、たぶん、お母様を安心させたかったのでしょうね……自分が王になってこの国を平和にすると言っていた。幼いころの私は、その意味も分からず、それなら私も兄様と一緒に王になる！　と言っていたものよ……ふふ……懐かしい……」

静かに王女の話を聞いていたリオンが控えめに言った。

「これはもしもの話ですが……」

「ええ、なに？」

「もし、セレスティア様が王位に臨まれるなら――」

リオンはじっと王女の目を見て続ける。

「自分は、全力で殿下をお助けいたします」

不意をつかれ、彼女は驚いてリオンを見つめた。

様々な思いが、王女の胸に浮かんでは消えていく。

彼女は胸を押さえると、ふと目を逸らした。

「黙りなさい。そのようなこと、一介の護衛が口出しすることではない」

リオンは深く頭を下げた。

「申し訳ありません。差し出口をお許しください」

「……もう休むわ」

王女は立ち上がると、傍《かたわ》らに用意されていた寝床に入る。

毛布を掛けて、リオンに背を向けると小さく言った。

「でも……」

「はい？」

王女が続ける。

「そのときに備えることを、私は止めはしません」

リオンが身動《みじろ》ぎする音が聞こえ、彼の声が答えた。

「セレスティア様のお望みのままに。……では、自分は周囲を見回って参ります」

足音が遠ざかると、セレスティアは詰めていた息を吐く。

間接的ではあったものの、王女は初めて王位を狙う意思を他人に話したのだ。

リオンを信じてもいいのか？

彼は信ずるに値する男だろうか？

王女は左手の〈王家の紋章〉に触れる。

答えはもう出ているのだ。

セレスティアの〈神器〉である〈絶対拒絶の盾〉は、一度発現すると、彼女が心の底から安心するまでは決して解除されない。

その盾は、主を絶対に守り抜くのである。

だが、リオンが助けに来たとき、王女の盾はすぐに解除された。

そのとき、彼女はこう思ったのである。

〈神器〉がリオンを認めたのだと。

王女は秘めた決意を胸に、目を閉じた。

そうね……

リオンが守ってくれるなら……

私は心置きなく――王位を狙えるわ。

リオンは周囲を見回ると、王女が襲われた森の奥に足を運ぶ。

あれから獣が来たのだろう、黒狼の死骸《しがい》は食い散らかされていた。

リオンは森の気配を探る。

やはり、魔物や魔獣の気配はごくわずかだった。
森の奥ならいざしらず、こんな森の浅いところに双頭狼《オルトロス》が現れるわけがない。
リオンは森の中を見回し、考えを巡らせた。
この森は、あの双頭狼《オルトロス》の縄張りなのだろう。
双頭狼《オルトロス》は、縄張りに異変を感じて、こんなところまで来たのかもしれない。
縄張りに現れた異物が、ティアだったということだろうか？
今回の件が偶然なのか、それとも敵が仕組んだことなのかも分からない。
もし敵の襲撃だったとしたら、なぜティアがここにいると分かったんだ？
この森の付近を通ることは誰も知らないはずだ。
馬車に仕掛けがないことは確認してある。
ならば、ティア本人に何かあるのだろうか……？
リオンは拳《こぶし》を握り締めた。
敵の手口が分からない。
なにか決定的なことを見落としているんだ。
情けない！
リオンは、妹をまた危険に晒《さら》してしまった自分に憤りを覚えていた。
……今、ここで調べられることは少ない。

もし、馬車隊の方も襲われたなら、そちらで何か手がかりが摑めるかもしれない。
王都のクレハも何か見つけてくれているといいんだが……
リオンは王女のいる野営地の方に目をやる。
魔獣騒ぎもあったが、リオンにとっては嬉しい発見もあった。
妹の〈神器〉が、守護王ウェルナーから受け継いだものだと分かったのである。
リオンは思わず笑みをこぼした。
平和を愛し、民を守ったウェルナー王の意思を他ならぬティアが受け継いでいる――
こんなに嬉しいことはなかった。
リオンは、念のため周囲の気配を探ったあと野営地に戻った。
小さくなっていた焚き火に木をくべると、王女の様子を見る。
静かに毛布を掛け直すと、起きていたのか、王女が背中を向けたまま口を開いた。
「……ねえ、ずっと気になっていたのだけれど……」
「え？　はい、何でしょうか？」
「あなた、私のこと、ティアと呼んでなかった？」
リオンはさあっと青ざめる。
……しまった……
思わずそう叫んでしまったことを思い出し、リオンは喉の奥で唸った。

しどろもどろで答える。

「ど、どうでしょう？　お呼びしたような、していないような……」

王女が不機嫌そうに身動ぎする。

「なにを子どもみたいなことを……。いい？　公の場でそう呼ぶことは絶対に許しません」

「失礼いたしました！」

リオンが頭を下げると、王女は小声で言い淀《よど》みながら付け足した。

「……でも二人のときなら……まあ、そう呼ぶことも……大目に見ても、いいでしょう」

……え……？

リオンは顔を上げ、その意外な言葉に驚く。

王女の耳が真っ赤に染まっていた。

リオンは妹の背中を見つめ、込み上げてくる嬉しさを噛《か》み締める。

思わず目頭が熱くなった。

「は、はい！　ありがとうございます――ティア様」

王女の背中から、呆《あき》れたような、だがどこか嬉しそうな声がした。

「……なんで涙声なの？　気持ち悪い……ふふ……」

二人はそれぞれに互いの存在を側に感じながら、森での一晩を過ごした。

そして翌日。その後は何ごともなく、二人は無事に紋章都市クレスタに到着したのである。

＊　＊　＊

一方、王都のクレハは――

「やはり調べた方がいいでしょうね……リオンも疑えと言っていたし……」

魔物の素材を依頼していた者たちを調べるうちに、クレハは意外な人物に辿り着いていた。

調べてみると、その人物は他にも様々な依頼を出していた。

死んだ魔物だけでなく、生きたままの魔物や、魔物の幼生の捕獲などを冒険者ギルドに依頼していたのだ。

彼女はなにげない様子を装い、その人物が住む建物を観察する。

侵入するには厄介《やっかい》な建物だった。

窓が少なく、しかも窓のほとんどが嵌《は》め殺しで開けられない。

その上、必ず複数人が常駐しているのだ。

どうやって侵入しようか……

城下町は珍しく静かで、いつものような人混みは見られなかった。

多くの人が、紋章都市クレスタへ紋章式を見に行っているのである。

人が移動すれば、それに釣られて行商人や屋台の人たちも移動する。城下町で店を開いている商人たちも店内で暇そうにしていた。

よし……やっぱり正面から行こう。

クレハはその建物に近づき、正面から堂々と入る。

入ってきたクレハに気づいたのか、そこにいた男が笑みを浮かべた。

「こんにちは。今日はお一人でいらっしゃったのですか？　――お婆《ばあ》さん」

「ええ。孫が紋章都市に行っているものだから、今日は一人で寄らせてもらったんですよ」

「そうですか。ようこそ紋章教会へ」

神官は笑顔で応対すると、席に案内した。

ここは王都紋章教会。

先日、セレスティア王女とともに訪れたばかりの場所である。

今回、クレハは老婆に変装していた。

腰を曲げ、掠《かす》れた声を出し、よろよろと歩く姿は本当の老婆にしか見えない。

教会は閑散としていて、祈りに訪れている者はいなかった。

クレハは紋章に祈りを捧げると、神官に尋ねる。

「今日はさすがにお祈りに来る人も少ないようだねえ。神官様も、本当は紋章都市に行きたかったんじゃないのかい？」

神官は肩をすくめて答えた。

「そうなんですけどね……でも、これも大事なお勤めですから」

「お偉いことだねえ。今日は神官様、お一人で？」

男性神官は首を振った。

「いえいえ。孤児院の手伝いに行っている者もいますが、奥に二人おりますので」

「そうかい。大変だねえ」

昼の時間を狙ったのは、この時間、神官たちが孤児院や他の施設の手伝いをしに行っていることを知っていたからだった。

クレハは、柔和な笑みを浮かべながら考える。

館内に三人……少し減らすか……

「それじゃあ、私はこれで……」

クレハは神官に頭を下げると、教会を出る。

人の目がないことを確認すると、どさりと地面に倒れ、大声を上げた。

「あ！　うわあああ！　やめて！　ど、泥棒！　泥棒おおおお！」

教会から先ほどの神官が慌てて飛び出してきた。

「ど、どうしました⁉」

クレハは涙まじりに訴える。

「泥棒だよお！　荷物を盗られてしまった！　あっちの方に逃げていったよお！」

奥で待機していた神官たちも、騒ぎを聞きつけて表に出てきた。

男性神官はすぐにクレハを助け起こすと、二人の神官に指示を出す。

「私が追いかけるから、お前は衛兵に知らせておくれ！　お前はお婆さんを休ませて！」

男性神官二人が走っていくと、女性神官がクレハを部屋に連れて行った。

「災難でしたね、お婆さん。ここで休んでいてください。私は二人が戻るまで聖堂にいなければなりませんので、何かあれば声を掛けてくださいね」

そう言う神官に、クレハは頭を下げた。

「すまないねえ……それにしても、こんなすごい部屋で休んでいいのかい？　まさか大神官様のお部屋じゃないだろうね？」

女性神官は笑顔で首を振る。

「ここは応接室ですよ。大神官様のお部屋は一階の奥ですから」

「それならよかったよ。……ああ腰が痛い。ちょっと長椅子で横になっても構わないかい？」

「ええ、もちろん。あ、この毛布を使ってください」

女性神官が退室し、足音が遠ざかったのを確認すると、クレハは行動を開始した。

毛布の形を整え、長椅子で横になっているように細工《さいく》する。

「さて、行きましょうか」

目指すは大神官の私室である。

クレハが辿り着いた意外な人物とは、誰あろう、紋章教会の重鎮グスタフ大神官であった。

ティア様は大神官様と親しい……まさかとは思うけれど、念のため。

素早く左右を確認すると、クレハは廊下の奥に走る。

確かめるまでもなく、部屋の扉に「大神官室」と書いてあった。

クレハはいつもの癖で扉の周りを調べる。

扉には、開ければピンが落ちるような仕掛けがしてあった。

……え？　おかしいでしょ。開けられて困ることがあるの？

さらに大神官の部屋の扉には、他の扉とは違う種類の鍵《かぎ》がつけられていた。

おかしい……これは絶対におかしいわ！

クレハは解錠道具を取り出すと、ものの数秒で鍵を開ける。

少しだけ開けて罠《わな》がないことを確認すると、素早く室内に入り、扉を閉めた。

閉じておいた片方の目を開き、室内を見回す。

暗がりに目を慣らしておくのは、暗殺者の常識だった。

聖職者らしい質素で清潔な部屋である。

ベッドと机、書棚。小さな祭壇には起源の紋章が輝いていた。

クレハは、壁沿いを歩きながら部屋を観察する。

柱のある壁際の方が、歩くとき音がしないからである。

机の上には本が置かれ、資料のようなものが広げてあった。
ベッドの下を覗いても何もない。書棚には高価そうな本がずらりと並べられていた。
怪しいものはない……でも鍵を変えたりしているんだから、きっと何かあるはず……
クレハは目を閉じ、耳や鼻、肌で室内を感じることにした。
匂《にお》い……音……風……ん……これは?
クレハは目を開ける。奥の壁の方からわずかに風が吹いていた。
すばやく壁際の書棚に近づくと、床にしゃがみ込む。
その床には擦《こす》ったような跡がついていた。
この棚、頻繁《ひんぱん》に動かしてる!
書棚は簡単に動かすことができた。見ると、下段の本は中身のない偽物である。
顕《あらわ》になった壁面には不自然な切れ込みがあり、手を掛けるためらしい穴が空いていた。
間違いなく、隠し扉である。
クレハが扉に耳を当てると、何かを擦るような微《かす》かな音がした。
……この音は、たぶん小動物ね……
彼女は念のためナイフを取り出すと、油断なく扉を開けた。
そこには部屋があった。広さは大神官の部屋の半分ほどである。
室内を見回し、クレハはすぐに音の正体を発見した。

壁際に小さな檻《おり》があり、そこにウサギのような動物が入れられていたのだ。

額《ひたい》に角があるところを見ると、どうやら小型の魔物らしい。

暴れたら始末するつもりだったが、人を見ても魔物はおとなしくしていた。

……ひとまず放置でいいか……

魔物を警戒しつつ、クレハは改めて部屋を見回した。

机には革表紙の本が乱雑に重ねられ、巻物や大量の資料、様々な魔法関連の道具らしきものが所狭しと並べられている。

「ここは……研究室……？」

紙束をぱらぱらめくると、やはり、魔物に関する研究をしていたことが分かった。

机の上には魔法陣が描かれた紙がまとめられていた。

紙は二種類あり、それぞれに異なる術式が描かれている。

なんだろう、これ……

クレハが二種類の紙を手に取った途端――

「キィイイイイイイッ！」

突然、魔物が暴れだした。

しまった！

慌てたクレハが紙を放り、檻に向かうと――魔物はすぐにおとなしくなった。

「……え？　なんで？」
魔物を始末するつもりでいたクレハは、困惑の表情を浮かべる。
今、いきなり暴れ始めたのは一体なんだったのか。
クレハは床に落ちた紙に目をやり、考えを巡らせる。
もしかして……
彼女がもう一度、二種類の紙を手に取ると、やはり魔物が暴れだした。
一枚から手を離すと、魔物はすぐに落ち着きを取り戻す。
何度か試してみて、彼女は結論づけた。
……これはきっと魔物を攻撃的にする術式だわ。
二枚一組で動くようになっているのね……
大神官の魔物研究が高度なものであるのは間違いないようだ。
リオンなら何に使うものなのか分かるかもしれない……一組持っていこう。
クレハは紙の一部を切って魔法陣を無効にすると、懐《ふところ》に入れた。
さらに物色を続けていると、棚の奥から水晶球が出てきた。
どうやって作ったのか、内部に起源の紋章が封じ込められている。
クレハはその水晶球に見覚えがあった。歴史の授業で習ったからである。
「これ、純粋紋章派のシンボルだわ……」

純粋紋章派は紋章教の一派で、紋章の純粋性を何よりも重んじる宗派だった。

魔力を清浄に保つことが紋章の純粋性を高めるとし、王家の血筋に不純な血が混じることを忌《い》み嫌っていた。

王族の婚姻にまで口を出すなど、一時はかなりの影響力を持っていた純粋紋章派――

しかし、次第に教義が過激になっていき、ついには王族を殺害するという大事件を起こすに至ったのだ。

穢《けが》れた魔力を持つ王族を排除するのが目的だったという。

そうした事件を受けて宗派は解体され、以後、純粋紋章派の教義は危険な教えとして禁じられたのである。

「どうしてこんなものがここに？　大神官は純粋紋章派だというの……？　わけが分からないわ……」

ひとまず水晶球を棚に戻すと、クレハは一つ長い息を吐いて心を落ち着かせた。

とにかく、今は調査を続けよう。

改めて室内を見回すと、部屋の奥から廊下が続いているのが見えた。

え？　この先って、もう教会の外じゃないの？

あ、そうか……横の治療院に繋がっているのね。

紋章教会の隣には、大神官が院長を務める治療院が併設されているのである。

突き当たりの扉に耳を当て、向こうに誰もいないことを確かめると、素早く扉を開けた。

その途端――

「うっ！」

何かが腐ったような強烈な匂いが鼻をつき、クレハは思わず顔をしかめる。

部屋の中央には大きな長机があり、その表面はどす黒く変色していた。

長机の周囲には溝が掘られ、そこから液体が下に流れる構造になっている。

小さな側机には、鋭利な刃物やノコギリ、ヤットコのようなものが置いてあった。

クレハはこの部屋の用途に思い当たり、息を呑む。

この部屋……まさか解剖室⁉

周囲の棚にはガラス瓶が並べられ、中の液体に魔物のものらしい肉片が浮かんでいた。

クレハは吐き気を堪えながら、瓶を覗き込んでいく。

その中に、人間のものらしい手首を見つけ、彼女は思わず悲鳴を上げそうになった。

顔をしかめながら、クレハは考えを巡らせる。

大神官様は瀕死《ひんし》の兵士を手術して、何人も復帰させたと聞いている……

もしかして、その治療は……魔物を使ったものだったんじゃ⁉

クレハは自分の想像に震え上がった。

どうしよう……大変な秘密を見つけてしまったわ……

解剖室の向こうにも、小さめの部屋があるようだ。

クレハは扉を開け、その部屋に入る。

そして――

……な……なによ……これ……

クレハは、その部屋の壁面に、決定的なものを発見する。

彼女は息を呑み、壁に貼《は》り付けられていたものを見つめた。

なんなの……なんなのこれは⁉

壁には所狭しと、セレスティア王女の肖像画やスケッチが貼り付けられていた。

だが、そのすべてがナイフで切られ、錐《きり》か何かで穴を開けられ、赤や黒でバツ印を描かれ、炎で焼かれて黒焦《こ》げにされ、見るも無残なものとなっていた。

クレハは思わず後退りする。

その壁面から立ち上るのは、純粋な敵意と禍々《まがまが》しい憎悪、そして圧倒的な殺意。

……気持ち悪い……！

その情念の強さに、クレハは吐き気を覚える。

驚いたことに、肖像画もスケッチも大神官が描いたもののようであった。絵画用の木炭や油、絵の具などが一式、部屋の隅に置いてあったからである。

笑顔、憂い顔、困ったような顔、拗《す》ねた顔、驚いた顔……様々な表情の王女が、壁面からこちらを見つめている。

大神官は、この大量の絵を自ら描き、そして、自らの手で徹底的に穢したのだ。

その異常さに、体が芯《しん》から震えた。

クレハは息を呑んで、目を見開く。

嘘……嘘でしょう！

大神官がどうして⁉

なぜかは分からなかった。

意味が分からない。

でも……これは……もう間違いない！

そう結論せざるを得なかった。

大神官は――ティア様を殺そうとしている！

わけが分からず、頭が追いつかず、クレハは混乱しながら涙を流した。

なんで⁉　なんでよ！　あんなに優しく接してくれていたのに！　あんなにティア様を暖かく迎えていたのに！

全部……嘘だったっていうの⁉

クレハの混乱は、やがて怒りに変わっていく。

許せない……許せないっ！

大神官グスタフ！
よくも、ティア様の信頼を裏切ったな！
そこまで激情のまま憤ったクレハは、すぐに最悪なことに気づいた。
あ……紋章式！
ティア様の紋章の最終調整がある！
〈王家の紋章〉の最終調整は、紋章教会の大神官であるグスタフが行うのだ。
ティア様をグスタフと二人きりにさせてはいけない！
早くリオンに伝えなければ！
クレハが急いで部屋を出ようとしたとき、教会の方から壁越しに声が聞こえてきた。
『衛兵に連絡してきました。すぐ来てくれるそうです』
『分かった。ひったくり犯は見つけられなかったよ』
外に出ていた神官が戻ってきたのである。
まずい！　早く応接室に戻らないと！
クレハが部屋を出ようとしたとき、もう一方の壁面にも何かあることに気がついた。
壁には地図が貼ってあり、地図の上に大きな魔法陣が描かれている。
なんだろう、これ……でもすごく嫌な予感がする！
普段なら絶対にしないことであったが、彼女はその地図をはがし、畳んで懐に入れた。

痕跡を残した以上、ついでにあれも持っていこう！
クレハは棚から純粋紋章派のシンボルを取り出し、持っていくことにする。
急げ！
彼女は狭い廊下を音もなく走ると、大神官の部屋に戻り、書棚を元に戻した。
そこで、聖堂の方から女性神官の声が聞こえた。
『おかえりなさい。どうでした？』
『ああ、衛兵が来てくれるそうだ。お婆さんは？』
『奥の部屋で休んでもらっています。いま呼んできますね』
クレハは大神官の部屋の扉を閉め、ピンを元に戻し、鍵を掛ける。
手が震えてうまく施錠できない。
今、下にいる神官たちも、親切そうにしているが大神官の仲間かもしれない。
部屋を探っていたことがバレれば騒ぎになるだろう。
最悪の場合、襲いかかってくるかもしれない。
負けることはないと思ったが、面倒ごとを起こしている時間はなかった。
早く！　早くしないと！
扉がノックされ、女性神官が応接室に入ってきた。

「お婆さん、具合はどうですか?」

神官が毛布の上からそっと叩《たた》くと――

「あ……ああ、すまないねえ。すこし眠ってしまって……」

クレハは体を起こすと、神官に頭を下げた。

……間に合った……よかった……!

その後、衛兵が、クレハの手提げ袋が路地に落ちていたことを知らせてくれた。

もちろん、その手提げ袋は、クレハが事前に路地に落としておいたものである。

クレハは衛兵と神官たちに礼を言った。

「ありがとうねえ。この手提げ袋は孫にもらったものだから、失《な》くしたくなかったんだよ。これが戻ってきたんなら、もうそれだけで充分さね。中身は諦めるよ」

クレハは神官たちにもう一度頭を下げると、教会を後にする。

笑みに隠して、神官たちを睨み、その顔を脳裏に焼き付けた。

……もしお前たちも仲間だったら、ただじゃおかない!

教会が見えなくなったところで、クレハは走り出す。

かつらを取り、顔の化粧を乱暴に拭《ふ》き取ると、凄《すさ》まじい速度で疾走した。

紋章都市まで、馬車で二日はかかる。

でも、馬を借りて宿場で乗り継いでいけば一日!

ぎりぎり間に合う！

クレハは夜を徹して馬を駆り、クレスタまで行くつもりなのだ。

少しでも早く、大神官の裏切りを知らせなければ！

ティア様……どうかご無事で！

クレハは王女の無事を祈りながら、全速力で駆ける。

紋章式まで、あと一日。

第四章 紋章式

Chapter 04

紋章都市クレスタは多くの人で賑《にぎ》わっていた。

街全体に毎年恒例の飾り付けが行われ、道行く人々がその美しさに目を奪われる。

その飾りは魔力を通す素材が使われており、夜になると色とりどりに輝いて、街をさらに美しく彩《いろど》るのだ。

王族をはじめとして、各諸侯、他国からの招待客なども続々と聖都に到着していた。

二日前から前夜祭が行われており、午後からはいよいよ紋章式が執り行われる。

祭りの最後を飾る式典に向け、都市はますます熱気を帯び、盛り上がっていた。

紋章式は、都市中心にそびえ立つ無骨な城で行われる。

かつての要塞《ようさい》を利用して作られたクレスタ城である。

元々この地は、北方蛮族の侵入を防ぐための拠点であり、要塞が築かれていたのだ。

今ではクレスタ要塞は修繕、改築され、聖都滞在中の城として利用されていた。

〈王家の紋章〉の披露は、この城のバルコニーで行われる。

この日は、城の前の広場も開放され、紋章を見に来た民たちで溢《あふ》れかえるのだ。

都市行政府の発表では、今年の紋章式は過去最高の人出が予想されていた。

民たちに人気があるセレスティア王女が、初めて紋章を披露するからである。

第六王子ヘルマンも同じく紋章を披露するが、彼の魔力が低いことは貴族たちにも知られており、王女の引き立て役にしかならないのではないかと噂《うわさ》されていた。

リオンたちがクレスタ城に入ると、さっそく馬車隊の隊長が出迎えてくれた。

彼らはすでに到着していたのである。

互いの無事を喜ぶと、隊長は手短にセレスティア王女に報告した。

道中、魔物の襲撃があったこと。

負傷者はごくわずかだったこと。

侍女たちも荷物も無事なこと。

セレスティアは隊長たちを労《ねぎら》うとともに、侍女たちが無事なことを知り、大変喜んだ。

リオンは、ツバキたちを密《ひそ》かに集め、報告を聞く。

彼女たちの働きを褒《ほ》めると、王女の側《そば》にいるよう命じた。

一行が与えられた部屋で一息ついている間に、リオンは廊下に出る。

「セレスティア様、警備態勢を確認して参ります」

「分かったわ。早く戻りなさい」

一礼すると、リオンは隊長とともに警備詰め所に向かった。

歩きながら隊長に尋ねる。

「それで……何か手がかりは摑《つか》めましたか？」

隊長がうなずき、声を潜めた。

「ええ、リオン殿。馬車の底板の裏に、魔法陣を書いた紙が貼《は》られていました」

「魔法陣が馬車に？　そちらは馬車に仕掛けがあったのか……。お手柄です、隊長」

隊長は恐縮して答える。

「いえ。リオン殿の予想がなければ、そこまで調べなかったはずですから……。出発前にすでに細工《さいく》されていたのでしょう。どういう術式なのか、今、副隊長に調べさせています」

リオンはうなずくと、考えながら言った。

「馬車は王家から借り受けたものでしたね……どうやって配車されるか分かりますか？」

「馬車係に聞いてみましょう。後ほどご報告します」

リオンはさらに考えを巡らせる。

「先ほどお伝えしたように、こちらも魔物に襲われました。その襲撃が、偶然か意図的かは分かりません。ですが、自分たちが使っていた馬車に細工はありませんでした。そもそも新しく用意した馬車ですからね」

隊長がむうと唸《うな》った。

「でしたら……たとえば、その術式を書いた紙が荷物に紛《まぎ》れ込んでいたとか？」

「その可能性はありますね。……でも、術式の起動には魔力が必要でしょう？　ただ置いてあるだけで起動するとは考えにくいのですが……」

隊長がうなずく。

「確かにそのとおりです。この件は副隊長の調査を待ちましょう」

そこまで話したところで、二人は警備の詰め所に着いた。

さっそく中に入ると、奥の方がやけに騒がしい。

隊長が顔なじみの騎士団長に尋ねに行き、しばらくすると戻ってきた。

「なんでも体調を崩す者が大勢出ているそうです。救護の人員が足りないとか」

「ああ、この人出ですからね」

今年の紋章式の人出は、例年をはるかに上回っていた。

二人は室内に入り、都市の警護態勢を確かめる。

壁に大きな地図が貼ってあり、警備兵や騎士団の配置が記されていた。

隊長が、地図の一角を指差す。

「リオン殿。ジゼル様も出張ってきていらっしゃるようです」

地図には勇者一族の印が書き込まれていた。

勇者たちも、王族の警護ならびに重要施設の警備に出向いてきているのだ。

その中には、もちろんジゼルの名前もある。

彼女も来ているなら心強いか……

リオンは、それなりに勇者ジゼルを信用していた。

敵対すると厄介《やっかい》な相手だが、その人柄に裏表はない。

陰で策謀を巡らせる人物ではないのだ。

二人は警備を確認し終え、詰め所を出る。

道すがら、隊長が尋ねた。

「私は一度、隊員たちと合流しますが、リオン殿はどうしますか？」

「セレスティア様のご用意ができ次第、紋章の最終調整に向かう予定です。馬車の配車の件と例の術式のことで何か分かったら、すぐに知らせてもらえますか？」

「分かりました。ではここで一旦《いったん》、失礼します」

隊長が立ち去る前に、リオンは付け足す。

「あ、手がかりを見つけた手柄は、セレスティア様にご報告しておきますので」

「ありがとうございます！　それを聞けば、皆、喜ぶでしょう。では！」

隊長はそう言うと、嬉《うれ》しそうに去っていった。

リオンが部屋に戻り、諸々《もろもろ》の報告を終えたところで、王女は控え室に入った。

儀礼用の服に着替えるためである。

そろそろ、紋章の最終調整の時間だった。

紋章式に先立ち、初めて紋章を披露する王族は、〈王家の紋章〉の最終調整を受ける。

紋章の大きさや輝きをいま一度調べ、魔力の純度や放出量を調整するのだ。

最終調整は、クレスタ城と並んで建てられている聖都紋章教会で行われる。

調整を受けたあと、王女はクレスタ城に赴き、そこで紋章を披露する手はずとなっていた。

国王や他《ほか》の王子、王女たちも順番に紋章を披露するが、初めて紋章を披露する王族は最後を飾ることになっている。

紋章式の主役は若き紋章持ちであり、この日は、彼ら、彼女らが真に王族の一員となる門出の日でもあるからだ。

セレスティア王女は儀礼用の服に着替えると、控え室から出てきた。

白を基調とした儀礼服は、ところどころに王女の瞳の色である青銀色があしらわれ、彼女にとてもよく似合っている。

儀式のため、薄く化粧をした王女は非の打ち所がないほど美しかった。

王女が咳払《せきばら》いすると、目を逸《そ》らしながらリオンに尋ねる。

「……どう……？」

リオンは、娘を嫁に出すような面持《おもも》ちで、うんうんとうなずいた。

「とてもよくお似合いです。起源の王もさぞ驚かれることでしょう」

「……そう……」

素っ気ない返事とは裏腹に、王女は頬《ほお》を染める。

そんな彼女を見て、侍女たちは満面の笑みを浮かべた。

中には感動して、涙ぐむ者さえいる。

主《あるじ》だけでなく、侍女たちにとっても今日は特別な日なのだ。

刻限となり、第三王女一行はクレスタ城を出て、紋章教会へと向かった。

教会への渡り廊下で、一行は面倒な相手と出くわした。

同じく紋章を初披露する第六王子ヘルマンたちである。

紋章の最終調整が終わって、教会から出てきたところのようだった。

セレスティア一行は廊下の端に寄り、頭を下げた。

ヘルマンが通りすがりに立ち止まり、声を掛ける。

「やあ、セレスティア。道中いろいろあったそうだね。怪我《けが》はなかったかい？」

王女の馬車隊が魔物に襲われたことは、すでに噂になっていた。

王女は頭を下げたまま答える。

「はい。私は大丈夫です、ヘルマン義兄様。ご心配おかけしました」

「体調も万全ではないのだろう？　念入りに紋章を調整するよう大神官に頼んでおいたよ。お互い、この門出の日を佳《よ》き日にしようじゃないか」

ヘルマンが含みのある言い方をした。

王女はその言葉に、珍しく顔を上げ、ヘルマンを正面から見据える。

微笑《ほほえ》みを浮かべると、彼に言った。

「ええ。式では滞りなく、立派な紋章を披露したく存じます」

王女の視線の強さに、ヘルマン王子がわずかに怯《ひる》む。

それは、彼女なりの決意表明だった。

義兄には悪かったが、王女はこの紋章式で、彼の継承順位を抜こうと考えているのだ。

ヘルマンは一度王女を睨《にら》むと、ふんっと鼻で笑う。

「ああ、そうかい。調整が上手《うま》くいくといいな」

そう捨て台詞《ぜりふ》を残すと、嫌味な笑みを浮かべて去っていった。

ふうと息をつく王女に、リオンは声を潜めて尋ねる。

「……よろしいのですか？　義兄様にあのような態度を取って」

「構わないわ。今日限り、もうあれこれ言わせない。それに……」

王女はリオンを横目で見る。

「あの人が何か言ってきても、どうにかしてくれるのでしょう？　――ボタンを飛ばして」

リオンは驚きに息を呑《の》んだあと、薄く笑みを浮かべた。

気づいていたのか……

「もちろんです。お任せください」

リオンは深々と頭を下げると、王女の後ろについていった。

聖都紋章教会の入り口には神官たちが整然と並び、第三王女の到着を待っていた。

神官たちの中央に、白ひげの大神官の姿が見える。

セレスティアを見ると、まなじりを下げ、眩《まぶ》しそうに王女を見た。

王女が頭を下げる。

「グスタフ様、本日はよろしくお願いいたします」

「ほほ、今日は一段とお美しい。では紋章の最終調整を行いますかの。さあ中へ」

リオンはその様子を苦い顔で見ていた。

最終調整で聖堂に入れるのは、当人と調整作業を行う大神官だけなのだ。

ティアを一人にしたくないが、儀式を邪魔するわけにもいかない……

今日の紋章式は、密かに王位を狙《ねら》う王女にとって最初の正念場である。

儀式の伝統を破って、ケチをつけられるわけにはいかなかった。

それは分かっている……しかし……

そんな思いが伝わったのか、王女はリオンに振り向くと諭すように言った。

「さきほど散々話し合ったでしょう？　儀式の伝統には従わなければならないわ」

リオンは王女に、自分も聖堂に入れてもらえないかと再三頼んでいたのだ。

道中の襲撃もあり、どこに敵が潜んでいるか分からない。

それは教会とて例外ではないのだ。

こうなったら密かに侵入するか……

リオンがそう考えていると、見透かしたように王女が釘《くぎ》を刺す。

「忍び込むのも駄目ですからね？　あなたならやりそうなことだわ」

図星をつかれて小さく唸ると、リオンは頭を下げた。

「分かりました……外でお待ちしております」

王女は小さく笑うと、リオンに言う。

「私は大丈夫よ。すぐに戻ってくるから」

「はい。お早いお戻りを」

セレスティアは大神官グスタフに頭を下げると、神官たちとともに教会の中に消えていく。

リオンは妹の背中が見えなくなるまで、ずっと見送っていた。


セレスティアは静かに、大神官の後についていく。

聖堂の天井《てんじょう》は高く、そこには起源の王の物語が描かれていた。

周囲の柱には装飾が施され、魔法の光で明かりが灯《とも》されている。

正面の壁には、巨大な〈起源の紋章〉が掲げられていた。

大神官グスタフは紋章に頭を下げ、その下にしつらえてある祭壇に上がる。

神官たちは準備を済ませると、聖堂から出ていった。

扉が閉められ、広い堂内にはセレスティアと大神官の二人だけが残された。

祭壇には魔力調整用の制御盤が置かれ、祭壇の前の床には計測用の魔法陣が描かれている。

見慣れない魔道具もあったが、最終調整に必要なものなのだろうと王女は思った。

「では祈りを捧げましょう」

大神官の言葉で、王女は正面の紋章に祈りを捧げる。

祈りが済むと、いつもどおり、王女は魔法陣の中心で膝《ひざ》をつき、目を閉じた。

大神官が制御盤に触れると魔法陣が起動し、紋様に沿って緑色の光が流れていく。

「魔力を込め、紋章を現しなさい」

王女はうなずくと、左手を差し出し、魔力を込めた。

左手の甲が輝き、王女の目前の空間に〈王家の紋章〉が出現する。

空間に光で描かれた紋章は、王女の魔力に同調し、脈動していた。

大神官がうなずき、言葉を続ける。

「さらに魔力を込め、紋章を大きく掲げるのです」

王女は言われたとおり、少しずつ魔力を込めていく。幼いころから研鑽《けんさん》を重ね、彼女の魔力は質、量ともに、類《たぐい》まれなる領域に達していた。

……もっと大きく……もっと清らかに……

魔力を体内に巡らせ、徐々にその循環速度を上げていく。
その過程で不純な魔力を取り除き、質を高めていった。
次第に紋章が大きくなり、その輝きが増していく。
最初は不安定に脈動していた紋章は、今ではすっかり安定していた。
王女はさらに魔力を練る。
今日は調子がいい……もっと大きくできるわ！
だが、しばらくして、王女は体内を巡る魔力に違和感を覚えた。
何かが自分の魔力に干渉している。
調整作業はもちろん魔力への干渉を伴うが、何かもっと別の力を感じるのだ。
……これはなに？　なにか……探られている……？
じっと見られているような、触られているような、不快な感覚が強くなっていく。
自分の魔力を探る奇妙な気配に、王女は気分が悪くなってきた。
うっすらと目を開けると、大神官が制御盤を食い入るように見つめている。
それはいつもの光景だったが、大神官の表情だけは普段とまるで違っていた。
……え……？
その鬼気迫るような形相に、王女は狼狽《うろた》える。

ぼう然と見つめていると、大神官の目尻《めじり》から、つうと涙が溢れた。

え！　なに？　どういうこと⁉

儀式中は言葉を発してはいけない規則だったが、これはどう見ても異常事態だった。

王女は一瞬迷ったあと、意を決して口を開く。

「あ、あの！　グスタフ様！」

次の瞬間、突如、空間に光の輪が現れ、王女の両腕、両足を固定した。

「え⁉」

それが何なのか、王女にはすぐ分かった。

「こ、これは拘束魔法⁉　グスタフ様！　これは一体――」

「黙れ」

「……え……」

今まで聞いたことがない冷たい声音に、王女は衝撃を受け、声を詰まらせる。

大神官グスタフは目元を押さえると、力なく項垂《うなだ》れた。

長いため息をつき、つぶやくように言う。

「……やはりそうであったか……」

「あ、あの！」

王女が勇気を出して声を上げると、グスタフは人差し指を口に当て、「しー」と言った。

「……っ！」

その奇妙に捻《ねじ》れた表情を見て、王女の全身に怖気《おぞけ》が走る。

「な、なに？　一体なにが起こっているの⁉」

グスタフは眉間《みけん》に皺《しわ》を寄せ、独り言のように続けた。

「……儂《わし》はなあ、ある人物から、お前が〈魔女〉の再来だと知らされたのじゃ……。無論、すぐに信じたわけではない。じゃが、確かにお前の魔力量は幼いころから異常じゃった。じゃから儂は血統を調べることにしたんじゃ。お前の母ルシオラからずうっと系譜を遡《さかのぼ》り、調べて調べて調べ尽くし、ついに突き止めたのじゃ。お前の祖先に――〈魔女〉がいたことを」

王女はその荒唐無稽《こうとうむけい》な話に驚き、思わず声をあげた。

「ま、魔女⁉　ブラキアの〈魔女〉なんてただのお伽噺《とぎばなし》でしょう！　グスタフ様、どうしてしまったのですか⁉　正気に戻って――」

「もうしゃべるな。お前の声を聞きとうない」

言うが早いか、彼女の口が光の輪で塞《ふさ》がれた。

床に描かれていた魔法陣には、拘束魔法の術式も埋め込まれていたのだ。

「むぐ！　むぐぐぐうっ！」

口を塞がれた王女は唸りながら、身悶《みもだ》えする。

グスタフは沈痛な面持ちで、祭壇から降りてきた。

目に涙を溜《た》め、悲しそうな表情で王女を見下ろす。

力ない様子で、訥々《とつとつ》と言葉を続けた。

「それを知ったときの儂の気持ちが分かるか？　……決して分かるまい。目を掛けておったお前を——殺さなければならなくなったのじゃからな」

王女は目を見開き、驚きの表情で大神官を見上げる。

……こ、殺す？　私を殺すって、どういう……

グスタフが静かに答えを言った。

「まだ分からぬのか？　前任の護衛を送り込んだのは——儂じゃよ」

……え……

王女は息を呑み、体を硬くした。

頭が混乱して、うまく考えられない。

……グスタフ様が……私を……？

大神官がひどく苦しそうに顔を歪《ゆが》める。

「信じられぬか？　だがそれが真実。儂が指示したのじゃ。お前を殺すようにのお」

まさか……まさかそんな……！

私を殺そうとしていたのが、グスタフ様だったなんて！

王女が顔をくしゃりと歪めると、目の端から涙が溢れた。

あの優しい笑顔は嘘《うそ》だったの……?

掛けてくれた暖かい言葉は、全部、偽りだったというの⁉

大神官は目元を押さえ、頭を振りながら切々と言う。

「この手で教え子を葬らねばならんとは……じゃがこれも紋章のお導き……紋章は清らかでなければならぬ……純粋でなければならぬのだ……」

グスタフが首にかけた紐《ひも》を引き、胸元《むなもと》から水晶球を取り出すと、恭《うやうや》しく口づけする。

それを見て、王女は気がついた。

あの水晶球は……!

水晶球に封じられているのは起源の紋章――

なんてこと……グスタフ様は――純粋紋章派の信徒だわ!

紋章の純粋性を保つためなら、王族さえも殺す過激な宗派。

王都紋章教会を統べる大神官は、純粋紋章派の信奉者だったのだ。

だから、私を殺そうと⁉

そ、そんな……私は魔女なんかじゃ――!

「じゃがなあ」

大神官がくるりと王女を振り返る。

う……!

グスタフの狂気を孕《はら》んだ目が、彼女を射すくめた。

「お前は暗殺を乗り越えた……それは儂にとって一筋の光明であった。もしや紋章はお前を赦《ゆる》されたのではないか？　そう考えた儂はお前に試練を与えることにしたのじゃ。馬車を襲わせたのも――この儂よ！　姑息《こそく》にも身代わりを立てたようじゃが、試練からは逃げられんかったじゃろう？　儂は魔物の研究もしておってな……最近、ようやく魔物を操《あやつ》れるようになってきたところなんじゃ。ほれ――このようにのお！」

大神官が声を上げると、教会のあちこちから、大きな獣がのそりと現れた。

馬車を襲った魔獣の上位種、銀狼《ぎんろう》である。

銀狼の群れは王女を睨むと、牙《きば》を剝《む》き出しにして威嚇《いかく》した。

王女は絶望と恐怖に目を閉じる。

ああ！　馬車の襲撃もそうだったなんて！

私はたくさんの人を巻き込んでしまった……！

王女の目からとめどなく涙が溢れる。

大神官が忙《せわ》しなく歩きながら口を開いた。

「そしてじゃ！　お前は二度も生き延びた。これは紋章のお導きかもしれん。もしや魔女の血統というのは嘘だったのか？　儂はそう期待して此度《こたび》の紋章調整に臨んだのじゃが――」

グスタフはぶるりと震えると、天を仰《あお》いで叫び声を上げた。

「むぉおおおおおおおっ！　うぉおおおおおおおっ！」

その叫びに王女はびくりとする。

グスタフが振り返った。

「やはりぃい……」

ぎろりと王女を睨みつける。

「やはりやはりやはりぃい！　お前の紋章は魔女の魔力で穢《けが》れておった！　血統によって魔力の波長が異なるのを知っておったか？　魔女の魔力は地を這《は》うような低い波が特徴なのじゃ！　波長など普通なら調べぬ……じゃが、今回特別に用意した魔道具で調べて確信したわ！」

グスタフは王女を指差すと、怒りをぶつけるように大声をあげた。

「お前は——魔女じゃあああああああっ！」

聖堂を揺るがすような大音声に、王女は震え上がる。

大神官は頭を掻《か》きむしり、唾《つば》を飛ばしながら続けた。

「おのれおのれおのれえええぇ！　目を掛けてやった恩を忘れ！　儂を騙《だま》し！　裏切りっ！　馬鹿《ばか》にしておったなあああ！」

大神官グスタフは、目を剝き、歯を剝き出しにして宣告した。

「もはや生かしてはおけん！　ここで魔女を断罪し、処罰し、処刑する！　——否《いな》、お前だけではない。不浄なる血で王家の血統を穢した王族たちも同罪！　お前も王族もすべて粛清し、浄化してくれよう！　紋章を元の清浄な状態に戻すこと。それが……それこそがああ！」

両手を掲げ、もはや恍惚《こうこつ》の表情で叫ぶ。

「純粋紋章派たる儂の！　最期の御役目なりいいいいっ！」

……もう、おかしくなってる……！

信頼していた大神官に裏切られ、罵倒《ばとう》され、打ちひしがれる王女。

涙が溢れ、体は震え、拘束されて身動きも取れない。

銀狼の群れは唸り声を上げ、今にも飛びかかろうとしていた。

彼女は心の中で叫ぶ。

助けを呼ぶ。

彼女が頼れるのは、もうその人しかいなかった。

リオン……リオン！

気づいて！

私を助けに来て！

リオオオオオオオンッ！

＊　＊　＊

王女の紋章調整が始まったころ――

リオンや侍女たちは、教会横にある宿舎の応接室で王女の帰りを待っていた。

お茶を出されたが、のんびりとお茶など飲んでいる気分ではない。

リオンは窓から教会を睨み、何かあればすぐに駆けつけるつもりでいた。

しばらくすると、応接室の扉がノックされ、馬車隊の隊長たちが姿を現わした。

「隊長！　いま行きます」

リオンは立ち上がると、すぐに廊下に出る。

侍女たちに話を聞かれるわけにはいかなかった。

周りを見回し、誰《だれ》もいないことを確認するとリオンが尋ねる。

「……なにか分かったのですね？」

隊長が、若い副隊長にうなずいた。

副隊長が懐《ふところ》から紙を取り出す。

その紙はもちろん、馬車の底板に貼られていたものだった。

「調べたところ、この術式は、魔物の敵対心を煽《あお》る効果があると分かりました。魔獣どもは、縄張りに入った敵に襲いかかっていただけというわけです。リオン殿の予想通りでしたね」

リオンがうなずく。

「やはりそうでしたか……。ですが、問題はどうやって起動させたかです。それは分かったのですか？」

副隊長は苦い顔で首を振った。

「……いいえ。ただ、もう一枚、別の術式を書いた紙が貼られていたのは分かっています。おそらく、その術式が何らかの効果を持つと思われるのですが……紙が破損しており、解読は不可能でした。申し訳ありません」

「いえ、一つ分かっただけで随分進みました。ありがとうございます。……それで隊長、馬車についてはなにか分かりましたか？」

隊長がすぐに答えた。

「馬車の管理部が修理から調整、配車までを一手に引き受けていると分かりました。管理部の人間に聞いたところ、重要な行事の際には、馬車に特別な処置を施すそうです」

「特別な処置……それは？」

「紋章教の神官による加護の付与です。旅の安全を祈念し、馬車に魔物避《よ》けなどの付与を行うとのことでした。ときには、術式を書いた護符を車体に貼るつけることもあるとか」

「紋章教の神官が……？」

リオンの頭の中で、手がかりの断片がまとまり始める。

彼の脳裏に、一人の人物が浮かび上がっていた。

……あり得るのか？　いや、まだ足りない。

もう一つ何かあれば、すべてが繋《つな》がるはず……！

リオンが考えを巡らせていたそのときである。

「リオンッ！　どこ⁉　どこにいるの！」

宿舎の外から、声が近づいてきた。

「この声は……クレハか！」

リオンは隊長たちをその場に待たせ、急いで宿舎を出る。

すぐに、城門の方向から、クレハが走ってくるのが見えた。

ふらついた足取りを見るに、どうやら夜を徹して、こちらに向かってきたらしい。

「クレハ！　もしかして……何か分かったのか⁉」

リオンが声を掛けると、クレハは一瞬顔をくしゃりとさせ、駆け寄ってきた。

倒れそうになる彼女を抱きとめると、クレハは咳《せ》き込みながら言う。

「リオン……ティア様が危ない！　黒幕は――」

王女のことを思ったのか、クレハは涙目で声を上げた。

「大神官グスタフだった！」

クレハを宿舎まで運ぶ途中、彼女はすべてを説明してくれた。

大神官の私室にあった隠し部屋のこと。
彼が魔物の研究をしていたこと。
棚にあった純粋紋章派のシンボル。
魔法陣が描かれた二種類の紙。
そして王女の肖像画が、憎悪を込めて穢されていたこと――
リオンはすべてを理解した。
そうか……そういうことか！
「クレハ、よくやった！　これですべて繋がったぞ！　しばらく休んでいろ」
リオンは彼女を宿舎の外にあった長椅子《ながいす》に座らせると、すぐさま応接室に走った。
自分が至った結論の確証を得るためである。
「リオン殿、どうしたのですか⁉」
廊下で待っていた隊長たちが慌《あわ》てて追いかけてきた。
リオンは侍女に頼み、王女の手荷物を検《あらた》めさせてもらう。
鞄《かばん》の中に、紙の束《たば》が入っていた。
その紙は、大神官グスタフが王女に贈ったものである。
リオンは急いで紙束をめくり、紙の裏を確認していく。
隊長たち二人も、リオンの鬼気迫る表情を見て、固唾《かたず》を飲んで様子を窺《うかが》っていた。

そして――

「あった……」

リオンは、紙束から二枚の紙を取り出し、陽《ひ》の光に透かして、じっと見る。

隊長たちも近づいて、一緒に紙を透かし見ると、大きな声を上げた。

「リオン殿、これは⁉」「あの魔法陣と似ている……いえ同じものです！」

こうして透かして見なければ、気づくことはない。

紙の裏面には、先ほどの魔法陣が薄いインクで書かれていたのだ。

リオンは拳《こぶし》を握り締めると、二人に急ぎ説明する。

この紙は、大神官グスタフが王女に贈ったものであること。

紙が森の中に飛ばされたあと、王女が魔獣に襲われたこと。

大神官が元宮廷魔術師であること――

リオンは二人に、クレハが持ち帰った二枚の紙を見せる。

「こちらの紙が馬車に貼られていた紙と同じもので、魔物の敵対心を煽る術式。そして、こちらの紙が破損して解読できなかった紙と同じもの……おそらく周囲の魔力を吸収し、もう一方の魔法陣に供給する術式でしょう。つまり、二枚を組み合わせることで、魔法を発動させるのです」

隊長たちがその意味を悟り、目を見開いた。

分かったことを繋ぎ合わせれば、王女を狙った黒幕は明らかである。

リオンは二人に告げた。

「セレスティア様を狙っていたのは——大神官グスタフだ！」

隊長が戸惑いながら尋ねる。

「し、しかし、動機は⁉　紋章教会の大神官が、なぜ殿下を⁉」

リオンはすぐに答えた。

「グスタフ大神官は純粋紋章派の信奉者だったようです。おそらく、セレスティア様の魔力に何らかの疑いを向けたのでしょう！」

「な……純粋紋章派ですと！」「たしか王族を殺害したという宗派でしたよね⁉」　隊長たちが驚きの表情で顔を見合わせた。

それに——とリオンは唇を噛《か》み締める。

リオンは、その裏で動いていた人物にも目星をつけていた。

少なくとも、その人物は、大神官と何か関係を持っていたはず……

そうでなければ、わざわざ「紋章調整を念入りに大神官に頼んでおいた」などと言うわけがない。

妹を貶《おとし》めようとしたのは、おそらく——

リオンは体が震えそうなほどの怒りに顔を歪めた。

今すぐ奴《やつ》をぶちのめしてやりたい！

だが――今はティアを助けるのが先だ！

リオンは激情のまま、宿舎を飛び出す。

隊長たちがそれに気づき、慌てて追いかけてきた。

「リ、リオン殿、お待ちください！　まさか教会に乗り込むおつもりですか⁉　無謀です！」

リオンは隊長を無視して、教会の建物に目を走らせた。

それを見て、副隊長が血相を変える。

「侵入する気ですか！　リオン殿も教会を守っているのが誰だかご存じでしょう⁉　見つかればただでは済みません！」

リオンは二人に目をやった。

その体から凄《すさ》まじい殺気が溢れ出す。

「時間がありません。邪魔をするなら、あなたたちも――敵です！」

その圧倒的な殺意に、二人は思わず後ずさりした。

体が震え、息が詰まる。

だが、二人の覚悟も、その程度のものではなかった。

隊長たちは、震えながらもリオンの前で両腕を広げ、立ち塞がる。

隊長が声を上げた。

「落ち着いてください、リオン殿！　大神官が犯人なのはおそらく間違いないでしょう。ですが、教会を守っているのは――ジゼル様なのですよ!?」

リオンは奥歯を噛み締める。

もちろんリオンもそのことは知っていた。

警備図にそう記されていたからである。

いま、紋章教会を守っているのは、勇者ジゼルが率いる勇者遊撃隊なのだ。

隊長が諭すように続けた。

「勇者と対立すれば、後々どうなるのか見当もつきません。軽々に動けば、セレスティア殿下にも影響が及びます！　どうかここは慎重に！」

リオンは拳を固く握り締める。

隊長の言うことはもっともだった。

この国で勇者と事を構えれば、その影響は後々にまで及ぶだろう。

セレスティア王女の将来にも、必ず影を落とすことになる。

それは王位を狙う王女にとって、もっとも避けたい事態だった。

リオンはうつむき、苦しげな声を上げる。

「でも！　今はそんな場合じゃ――！」

「顔を上げなさい、リオン」

……え？

リオンがその声に顔を上げると、いきなり頬を思いきりひっぱたかれた。

その突然の痛みに、リオンは息を呑む。

目の前に、クレハが涙を浮かべて立っていた。

「……クレハ……」

彼女はリオンの胸元を掴むと、涙を堪《こら》えて声を上げる。

「リオン、なにやってるの？　あんたが取り乱してどうする⁉　私だって今すぐティア様を助けに行きたい！　でも！　……私じゃティア様を助けられない……助けられるのは――あんただけでしょ⁉　あんたなら！　あんたが冷静になれば！　何だってできる！　……お願いよ、リオン。一度しか言わないわ。しっかりして！　あんただけが頼りなの！」

リオンは息を呑み込むと、しばらくして、長く、静かに吐いた。

頭が冷え、心が落ち着きを取り戻していく。

胸に頭を押し付けるようにして震えるクレハに、優しく言った。

「クレハ……済まなかった……。目が覚めたよ、ありがとう」

「リオン……」

クレハは顔を上げると、体を密着させていたことに気づいたのか、慌てて体を離した。

乱暴に涙を拭《ふ》くと、目を逸らし、不機嫌そうに言う。

「……分かればいいのよ……」

そんな彼女を見て、リオンも、隊長たちも、笑みを浮かべた。

そうだな……クレハの言うとおりだ。

俺《おれ》がしっかりしないと、ティアを助けることも、妹の将来を守ることもできない。

仕切り直しだ！

リオンは隊長たちに向き直ると、頭を下げた。

「取り乱して申し訳ありませんでした。隊長、副隊長……もしよろしければ――」

隊長はリオンが言う前に、口を開いた。

「無論、協力いたします！　何でも言ってください！　ここまで知った以上、動かなければ騎士の名が泣きましょう！」

副隊長も続けた。

「そうですよ！　それに、殿下をお救い奉るのは騎士団の誉ですからね！」

「お二人とも……ありがとうございます！　――では、隊長たちはこれを調べてもらえますか⁉」

リオンは先ほどクレハから預かっていた地図を二人に手渡す。

「大神官が何か企《たくら》んでいるかもしれないのです！」

二人は地図を広げると、それが、この都市のものだとすぐに気づいた。

「これはクレスタの地図！」

「地図上の魔法陣を調べればいいのですね⁉　隊長、行きましょう！」

隊長たちが地図を持って駆けていくと、リオンは侍女たちに告げる。

「ここは戦場になるかもしれない。すみやかに城に戻り、王女の帰りを待ってくれ！」

続いてツバキたちに命じた。

「ツバキ、カエデ、モミジ。皆を守れ。殿下の大切な従者たちに傷一つつけるな！」

主の命令に、三人は頬を紅潮させ、嬉しそうに頭を下げた。

「「「承知いたしました！」」」

ツバキたちが他の侍女たちとともに出ていくと、リオンとクレハだけが残された。

クレハが焦《あせ》りの表情で尋ねる。

「でも一体どうするつもり？　証拠を見せても素直に通してくれるとは思えない！」

クレハの言うとおりだった。

おそらく、証拠を示しても聞き入れてはくれないだろう。

不確かな証拠で、王家の重要な儀式を中断するとは考えにくい。

リオンは、いざとなれば強行突破するしかないと覚悟を決めていた。

だが……

はやる気持ちを抑え、リオンは目まぐるしく考えを巡らせる。

教会を守っているのは勇者だ。

ティアのためにも対立は避けなければならない。

できるだけ早く、しかも勇者と対立せずに教会に入るには……

リオンは決意を固めると、口を開いた。

「クレハ、頼みがある。何も聞かずに従ってくれるか？」


数分後――

「自分は第三王女の専属護衛リオンです！　大神官に謀反の疑いがあります！　教会の中を検めるため、ここを通していただきたい！」

聖都紋章教会の前で、リオンは建物を守る騎士たちに言った。

騎士たちがいぶかしげな表情で、顔を見合わせる。

年重の騎士が進み出て、リオンに言った。

「世迷い言を申すな！　儀式中は誰も中に入れるなと大神官様からの御命令だ！」

「あなたでは埒《らち》が明きません。責任者を出してください！　……そこにいるのでしょう？」

リオンが言うと、建物の陰から聞き覚えのある声が答えた。

「あら、バレましたの？　相変わらず気配を読むのがお上手ですこと」

現れた人影は、輝くばかりの赤髪を揺らしながら、優雅に歩いてきた。

彼女が笑みを浮かべて続ける。

「ごきげんよう、リオン。教会は私たち、勇者遊撃隊が警護中ですのよ?」

あくまでも淑《しと》やかに話す彼女は、王国最大級の戦力。

クレージュ家の末娘――勇者ジゼル・アリア・クレージュであった。

勇者の姿を見て、リオンは内心ため息をつく。

勇者とはつくづく縁があるようだ……

リオンは気を取り直して続けた。

「大神官グスタフが第三王女殺害を目論《もくろ》んだ張本人です！　証拠ならあります！」

勇者は呆《あき》れた顔をして答える。

「何を言い出すかと思ったら……与太話《よたばなし》なら後で伺いますわ」

「ジゼル様、お願いします！　話だけでも！」

リオンの鬼気迫る表情を見て、勇者ジゼルは一つ息をついた。

「式まではまだ時間がありますわね……暇つぶしに話くらいは聞いてあげてもよろしくてよ?」

「ありがとうございます！　では――」

リオンは勇者に経緯を説明し、証拠を次々と見せていく。

最初は馬鹿にしていた騎士たちも、次第にリオンの説明に聞き入っていった。

リオンの話には筋が通っており、信ぴょう性があった。

勇者ジゼルも、だんだん真剣な表情になっていく。

彼女が尋ねた。

「……でも、そもそもなぜ大神官がセレスティア様を狙いますの？　お二人は懇意にされていますし、大神官は勲章もいただく王国の重要人物……そんな彼がなぜ？」

リオンはしばらく間を置いたあと答えた。

「グスタフ大神官が――純粋紋章派だからです」

「なんですって⁉」

勇者が思わず声を上げ、騎士たちがざわついた。

純粋紋章派の悪名は、誰もが知るところなのである。

リオンはすかさず続けた。

「大神官はセレスティア様の魔力に疑いを持っているのです！　今まさに、殿下の魔力を調べているかもしれません。早くお救いしなければ、最悪の事態になりかねません！」

騎士たちが顔を見合わせ、勇者ジゼルに目をやった。

ジゼルは冷静さを取り戻すように、一つ長い息を吐く。

「……今までも純粋紋章派が活動しているという噂は何度もありましたわ。ですが、真実だった試しは一度もございませんのよ？　リオンは確たる証拠をお持ちなのかしら？」

「それは……！」

リオンは一瞬躊躇《ちゅうちょ》した。

クレハが持ち帰った純粋紋章派のシンボルは、言わば切り札である。

ここで使うのはまだ早い……！

そんなリオンの沈黙を、勇者は否定と受け取った。

ジゼルが厳しい口調で続ける。

「ありませんのね？　ではこの話はここで終わりですわ。リオンの話は辻褄《つじつま》が合っているように感じましたわ……ですが、グスタフ大神官の今までの功績とリオンの信用度を比べれば、あなたの言うことを信ずるのは無理ですの。お分かりいただけますわよね？」

ジゼルの気遣いは伝わったが、それでも諦《あきら》めるわけにはいかなった。

リオンは一度、唇を噛み締めると、正面から勇者を見据える。

「ジゼル様、お願いします。教会の中を一度確認するだけでいいのです。何もなければ、その場で護衛を解任されても構いません！　ですから、どうか！」

深々と頭を下げたリオンを見て、ジゼルは困った顔でため息をついた。

「ねえ、リオン。そういうことをされると困ってしまいますわ。このままだとあなた、反逆罪に問われますのよ？　私たちは知らない仲ではないのですもの、ここで引き下がれば今回のことは大目に見ましょう。ですが、これ以上、儀式を邪魔しようと言うなら……」

勇者の放つ気配が大きくなる。

鋭い声で一喝した。
「私も——自分の責務を果たさなければなりませんわ！」
騎士たちがすかさず剣の柄《つか》に手を伸ばし、臨戦態勢を取る。
勇者の命令があれば、騎士たちはリオンを拘束するために殺到するだろう。
リオンは目を閉じ、奥歯を噛み締めた。
やはりこうなるか……
勇者ジゼルの判断は正しい。
一介の護衛の訴えを聞いてくれただけでも異例なことなのだ。
リオンが本気を出せば、勇者を含め、ここにいる全員を倒すことができる。
だがそれは最後の手段だった。
妹の将来にむざむざ禍根を残すわけにはいかない。
勇者と対決せず、可能なら協力者として教会に突入する必要があるのだ。
そのためには当て馬がいる……まだか、クレハ！

＊　＊　＊

少し前、クレスタ城、一階待機室では——

……そろそろか？　いや、まだ少しかかるか……
ヘルマン第六王子は、いつ騒ぎが起こるのか、今か今かと待ちわびていた。
立ち上がっては窓から教会の方を眺め、戻っては長椅子に腰掛ける。
従者たちは落ち着きのない主を見て、浮き足立っていた。
他の王族たちは別室で待機しており、この部屋にはヘルマン王子しかいない。
初めて紋章を披露する王族には、心の準備のため、こうして個室が与えられるのだ。
ヘルマン王子の今日の衣装は本物の鎧《よろい》である。
頑強でありながら極限まで軽いその鎧は、まさに王族に相応《ふさわ》しい逸品だった。
傍《かたわ》らの従卒が携えている剣も、名工による業物である。
これほどの名品を使いこなせるのは、王族と言えども僕だけだろう！
ヘルマンは自身の鎧を見下ろし、満足げに目を細めた。
紋章式に戦装束《いくさしょうぞく》で臨む王族は多い。
ヘルマン王子は金に糸目をつけず、数年前からこれらの装備を準備してきたのである。
セレスティア王女の紋章調整が始まって、しばらくが経《た》っていた。
まだ終わるには早かったが、どうせ調整作業が中断されることを王子は知っている。
思わず笑みが零《こぼ》れそうになり、ヘルマンは表情を引き締めた。
なかなか待たせるじゃないか――グスタフ！

さぞ、念入りに魔力を鑑定しているんだろうな……くく……

ヘルマンは上機嫌で教会の方に目を向ける。

セレスティア王女に〈魔女〉の疑いがある――グスタフ大神官にそう教えたのは、ヘルマン王子だった。

その情報はヘルマン王子が独自に入手したものではない。

偶然、王宮で耳にしたのだ。

ヘルマンはあの日のことを思い出す。

彼はその夜、第一王女である姉が、側近と話しているのを聞いたのだ。

その内容が、セレスティア王女の血統に関する情報だったのである。

姉はそのとき、こう言っていた。

「……このことは絶対に知られてはいけないわ。もし本当なら王家を揺るがす大事になるかもしれない。……それに、ティアに何かあったらと思うと私は……」

ヘルマンは姉の言葉を思い出し、不愉快そうに顔を歪める。

あの女はいつもそうだ……セレスティアのことばかり！

我が姉ながら、なんて愚かな女だろう！

ヘルマン王子はふんっと鼻から荒い息を吐くと、気を取り直した。

姉のことなどどうでもいい。今はセレスティアだ。

ああ、セレスティアが大神官に罵《ののし》られ、傷つき、絶望するところを早く見たい！

まだなのか？　そろそろセレスティアが魔女だと喧伝《けんでん》してもいいいんじゃないか⁉

ヘルマンは、王女が打ちひしがれる様子を想像して、ほくそ笑む。

実のところ、彼は、セレスティア王女を殺そうとまでは考えていなかった。

そこまでの度胸もなければ、覚悟もない。

ただ失脚させたいだけなのである。

ヘルマン王子が知っているのは、セレスティア王女に魔女の疑いがあるということだけで、グスタフ大神官が純粋紋章派の信奉者だということは知らなかった。

つまり、大神官に、王女を殺す強い動機があるとは思っていないのである。

グスタフが護衛を送り込んだことも知っていたが、それは王女の身辺調査のためであり、何かヘマをして事件になってしまったのだろうと思い込んでいた。

もうそろそろ何か起こってもいいだろう？

ヘルマン王子はニヤニヤしながら、窓辺に寄って外を見る。

回廊の向こうの人影に気づき、彼は目を凝らした。

誰だ……あ！

その正体が分かり、ヘルマン王子は破顔した。

——セレスティア！

人影は間違いなく、セレスティア王女と、いつも一緒にいる侍女の二人だった。

うつむいた王女を、侍女が慰めているように見える。

あの義妹が泣いている！

ヘルマンは飛び上がらんばかりに喜んだ。

やった……きっとグスタフに魔女の血統だと聞かされて教会から追い出されたんだ！

ぎゃはははははっ！　ざまあみろ！　これで僕の勝ちだ！

だが――

ヘルマンは静まり返った周りの様子を見て、すぐに不満げな顔になる。

しかし、なんなんだこれは……まったく騒ぎになってないじゃないか！

義妹がしょぼくれている姿を見られたのは良かったが、これではまったく足りなかった。

もっと大騒ぎにならないと駄目だろう！

グスタフの奴め……まさか内々に済ませるつもりか⁉

いや、それなら……

そこでヘルマン王子は思いついた。

僕がもっと騒ぎを大きくすればいい。

そもそも、セレスティアが魔女だとグスタフに教えたのは、僕だ。

だから、王家から魔女の血を排除したという手柄は、僕のものなんだ！

このことを知らしめれば、皆、僕のことを見直すだろう。

いや、それどころか、英雄として称えられるかもしれない。

いいぞ！　そうと決まれば、さっそく教会に向かわなければ！

ヘルマン王子は、従卒から剣を受け取ると部屋を出ようとする。

護衛たちが驚いて、声を掛けた。

「殿下！　どこへ行かれるのですか⁉　じきに紋章式が始まります！」

王子は護衛たちを振り返り、機嫌よく声を上げる。

「それどころじゃない！　教会で一大事だ！」

「一大事……でございますか？」

ヘルマンは面白《おもしろ》そうに言った。

「お前たちは分からなくていい。そうだな、二人ついてこい！」

「はっ！」

ヘルマンは護衛を伴い、急いで待機室を出る。

回廊にはすでにセレスティアたちの姿はなかった。

教会に戻ったのか？　もしかしてグスタフに泣きつくつもりか⁉

好都合だ！

ヘルマン王子は笑いを堪えながら走り出す。

待っていろよ、セレスティア。

僕の方がお前より上だと、聖都中に知らしめてくれる！

クレハは回廊を曲がると、素早く待機室の方を窺い、ヘルマン王子が動き出したことを確認した。

よし……指示どおり、ヘルマンはおびき出したわ。

ティア様の姿を見て飛び出してくるなんて……リオンの言うとおり、あいつはクロね！

クレハは怒りに拳を握り締めると、長い息を吐いて自分を落ち着かせた。

とにかく、今はリオンの計画どおりに動くことだわ。

すぐに教会に戻らないと。

立ち上がろうとしたクレハは、まだ起動していた魔道具に目を向けた。

そして、思わず眉《まゆ》をひそめる。

魔道具から、セレスティア王女の上半身が生えていた。

どういう仕組みになっているのか、どの方向から見ても、その像は完全に王女の姿だった。

もちろん服装も、紋章式のために誂《あつら》えた儀礼服である。

クレハはその魔道具を手で支え、話をしたり、一緒に歩いているように見せかけたのだ。

それにしても……

彼女はもう一度魔道具を見て、眉根を寄せる。

「こんなものを用意して、リオンは一体何をしようとしていたのかしら……気持ち悪い」

そう言った途端、立体的な絵のような王女がじろりと自分を睨んだ気がした。

「え！　うそ⁉」

クレハは素早くボタンを押して、魔道具を停止させる。

しばらくして詰めていた息を吐き、魔道具をしげしげと見た。

「なんだったの、今の？　言葉に反応したような……ま、まあいいわ、とにかく――」

彼女は魔道具を鞄にしまうと、表情を引き締め、走り出す。

「私も教会に戻ろう！」


一方、墓所では、小柄な少年が得意げな顔で他の王たちを見回していた。

『どう？　やっぱり、リオンちゃんが最後に頼りにするのはボクだったでしょ？　ちょっとあの子が失礼なこと言ったから睨んじゃったけどさー』

少年の名はケネーシュ。

魔術王の異名を持つ王霊である。

王霊は、望んだ年齢の姿で現れることができるのだ。

あの後、リオンは魔道具で墓所に連絡し、ケネーシュにセレスティア王女に化けるよう依頼していた。

ケネーシュは幻覚魔法にも精通しており、完璧《かんぺき》に王女の姿を再現した。

そして、上半身だけを映して通信しながら、王女の代役を見事に果たしたのである。

『ねえ悔しい？　ボクが大活躍してどんな気持ち？　ぷーくすくす！』

ケネーシュの言葉に、いつもなら突っかかってくるはずの王たちは、なぜか無言だった。

その奇妙な反応に、ケネーシュはいぶかしげな表情で尋ねる。

『みんな黙っちゃって……なんなの……？』

ウェルナーが、じっとケネーシュを見つめて口を開く。

『そうか……ケネーシュは姿を変えられるのですから、リオン坊の姿にもなれますよね？』

『なれるけど……それが？』

静かに王たちがケネーシュを囲んだ。

ウェルナーがにこりとして言う。

『ケネーシュ。リオン坊になってもらえます？　このところ、リオン坊成分が足りなくて』

『はあ!?　なにそれ！』

ケネーシュが声を上げると、他の王たちも口々に言った。

『名案である！　あやつに成り代わって、儂の稽古《けいこ》につきあうのだ！　雰囲気くらいは味わえるだろう！』

『さよう。拙《せつ》もあれの顔を見ておらぬゆえ、いささか気が抜けていたところよ。なあに、抜剣千回ほどつきあってくれればそれでよい』

『いいねえ！　オレも坊と稽古しなくなってから調子が悪いんだ。頼むよ、ケネーシュ』

じりじりと近づいてくる王たちを見て、ケネーシュは十傑王随一の賢者に助けを求めた。

『ちょ、ちょっと、シオネル！　みんなをどうにかしてよ！』

シオネルはふむと顎《あご》に指を当てると、面白そうににやりとする。

ケネーシュが顔を強張《こわば》らせた。

『……え……シオネル、さん……？』

シオネルが笑みを浮かべて言う。

『実に興味深い。どれくらいあの子に似せられるのか、私にも見せてもらえるかな？』

それを聞いて、王たちがさらにケネーシュに近づいてきた。

『シオネルまで!?　みんな待って！　落ち着こうよ！　ちょっと――ちょっとおおおおっ！』

墓所にケネーシュの悲痛な叫び声が響き渡った。

＊　＊　＊

そのころ、紋章教会前では――

騎士たちがじりじりとリオンを囲み、勇者の命令を待つ。

ジゼルが言った。

「リオン、おとなしく殿下のお戻りをお待ちなさい。私に剣を抜かせないでいただける？　それとも……先日の雪辱戦を受けてもらえるのかしら？」

勇者ジゼルの眼光が鋭くなっていく。

リオンは唇を噛み締めた。

クレハ、まだなのか！

リオンが喉《のど》の奥で唸った、そのときである。

「見ろ！　僕の言うとおりだっただろう！」

城の方から大声が聞こえ、鎧に身を包んだ男が護衛を引き連れ、姿を現した。

その男はもちろん――

「ヘルマン殿下!?　なぜ教会に？　城で待機している予定でしたわよね？」

勇者ジゼルが驚いた表情で尋ねると、ヘルマン王子がわずかに怯む。

「……ちっ、勇者が教会の守りか……いや、その方が騒ぎが大きくなるか……」

王子は独り言のようにつぶやくと、にやりとして口を開いた。

「そんなことは今はいい！　何か起こったのだろう!?」

確かに教会前は、緊迫した空気が漂っている。

ヘルマン王子が、何か起こったと考えたのも無理はなかった。

リオンは苦い表情をつくり、わずかにうつむいて見せる。

よくやった、クレハ！

これで役者は揃《そろ》った。

後は可能な限り言質を取り、教会に突入するのみ！

リオンは凄まじい速度で考えを巡らせた。

ヘルマンは、すでに何かが起こったと勘違いしている。

おそらく、大神官がティアを教会から追い出したとでも考えているのだろう。

ティアの姿を見て、どう解釈するかは賭《か》けだったが、最良のシナリオになったようだ。

よし……一気に畳み掛ける！

リオンは、勇者ジゼルが口を開く前に、素早く動いた。

慌てた様子で、ヘルマン王子に尋ねる。

「ま、まさか、ヘルマン殿下は教会で何かが起こるとご存じだったのですか⁉　いいえ、もしかすると……もっと前からこのことを⁉」

ヘルマン王子は得意満面な顔で答えた。

「くくく……そのとおり！　そもそもセレスティアの魔力について、グスタフに教えたのは――この僕だ！」

「……え……ヘルマン殿下が……？」

勇者ジゼルが戸惑うように言い、騎士たちが驚愕《きょうがく》の表情でヘルマンに目をやる。

ヘルマン王子は勇者たちの反応を見て、さも嬉しそうに声を上げた。

「驚いたか⁉　そうだろうとも！」

ジゼルが眉根を寄せ、騎士たちが顔を見合わせる。

リオンは内心の怒りを隠し、驚いた表情をして見せた。

……やはり、ヘルマンが元凶だったか……！

おそらくそうだろうと考えてはいたが、ヘルマンの発言でそれは確実なものとなった。

リオンは、すかさずヘルマン王子を誘導する。

もっと詳しく吐いてもらおうか！

「セレスティア様の魔力というと、つまり……⁉」

ヘルマン王子が笑いを堪えきれないような表情で続けた。

「ああ、そうだ！　セレスティアの血筋は、あの〈魔女〉に通じている！　これは僕独自の諜報網《ちょうほうもう》からもたらされた確かな情報だ！　つまり僕は――」

ヘルマンは両腕を広げ、声を上げる。

「王家の血筋から、魔女の血を排した英雄なのだあああっ！」

王子の声が教会前に響き、そこにいた全員が衝撃を受けた。

それはそうだろう。〈魔女〉などという荒唐無稽な話もさることながら、ヘルマン王子は自ら、しかも誇らしげに罪の告白をしたようなものなのだ。

興奮して声を上げる王子の姿は、さながら狂信者である。

一方、リオンはヘルマンの発言を聞いて、今回の件の全貌《ぜんぼう》を理解していた。

そういうことだったのか！

今回の一連の事件は、セレスティア王女が〈魔女〉の血を引いているという情報をヘルマン王子が入手し、その情報をグスタフ大神官に教えたことで引き起こされたことだったのだ。

確かに母さんは、かつて〈魔女〉を排出したブラキア国の出身……魔女については早急に調べる必要があるな……

だが今は、こいつを叩《たた》き潰《つぶ》すのが先だ！

リオンは衝撃を受けて動けないような演技をしつつ、事の成り行きを見守った。

ここから先は自分が動くより、勇者ジゼルが自発的に動くのを待った方がいいのだ。

ジゼルは我に返ったように震えた息を吐くと、ヘルマン王子に尋ねた。

「……もう一度聞きますわね、ヘルマン殿下……」

「ああ、なんでも聞くがいい！」

勇者が続ける。

「ヘルマン殿下が、グスタフ大神官に、セレスティア様の魔力について教えたということですわね？」

「そのとおり！」

「教えたのは、セレスティア様に〈魔女〉の血が流れているという情報でよろしくて？」

「ああ、そうだと言ったろう！」

勇者ジゼルが困惑しきったような表情で、ついに尋ねた。

「では、ヘルマン殿下は……グスタフ大神官に純粋紋章派の疑いがあるのを知って、その情報を教えたと……？　セレスティア様に危険が及ぶかもしれませんのに？」

「そう――は？」

ヘルマン王子は勇者の言葉を聞いて、ぽかーんと口を開けて固まってしまった。

ジゼルがリオンを振り向く。

「リオン。純粋紋章派の件は、どの程度、確実な情報でして？」

――来た！

リオンはうなずくと、彼女を呼んだ。

「クレハ！」

すでに宿舎前で待機していたクレハが、リオンに近づいてくる。

リオンは唇の動きだけで「俺に何か渡す振りをしろ」と伝えた。

クレハは微《かす》かにうなずくと、懐から何かを取り出す振りをして、リオンに手渡す。

リオンはすぐに勇者に言った。

「これは自分の手の者に探らせていた証拠で、つい先ほど届けられました。彼女に受け取りに行ってもらっていたのです。間に合ってよかった……御覧ください」

リオンは隠し持っていた水晶球を皆に見せた。

「これは大神官が純粋紋章派である決定的な証拠――グスタフの隠し部屋で発見した純粋紋章派のシンボルです！」

勇者が目を見開く。

騎士たちがシンボルを見て、口々に言った。

「確かに純粋紋章派のシンボルだ！」『まさか本当に⁉』『真実であれば大変な事態だぞ！」

辺りが騒然となる。

ヘルマン王子がその意味を悟ったのか、ようやく声を上げた。

「な……え⁉　ば、馬鹿な！　グスタフが純粋紋章派だと⁉　そんなことは聞いて、いや、ち、違う！　誤解だ！　知らない！　僕はそんなことは知らないぞ！」

リオンは、クレハと目を見合わせ、うなずく。

やはり、ヘルマンは純粋紋章派の件は知らなかったか……！

こいつに誰かを殺すような度胸はないからな。

だが、こうなった以上、お前はグスタフに入れ知恵した首謀者だ！

先ほど、リオンが水晶球を証拠として出さなかったのは、これを狙っていたからである。

こうして、公衆の面前でヘルマンを追い詰めなければ、言い逃れされる可能性があったのだ。

これでヘルマン王子には、王女殺害教唆《きょうさ》の疑いまで掛かることになったのである。

これで詰みだな、ヘルマン！

勇者ジゼルが王子を睨んで口を開いた。

「言い訳は後で聞きますわ！　私の騎士たち、ヘルマン殿下を拘束！　ただちに別室へお連れなさい！」

ヘルマンが取り乱しながら訴えた。

「ま、待て！　誤解だ！　それにセレスティアは教会から無事に出てきたじゃないか！　そ、そうだ！　そこの侍女！　さっきセレスティアと回廊にいただろう⁉　セレスティアがどこにいるのか言え！」

クレハが怯《おび》えるような素振りを見せて、首を振った。

「……いいえ。先ほど護衛のリオンさんが言ったとおり、私は荷物を受け取りに行っておりましたので……」

クレハは目を伏せると、にやりと口元を緩める。

ヘルマンの顔が強烈に歪んだ。

「嘘だ……嘘をつくなああああああっ！」

暴れ始めたヘルマンを見て、年重の騎士が声を上げる。

「ヘルマン王子を捕らえよ！」

騎士たちが殺到し、ヘルマンを拘束したかに思えたそのとき――

「うわっ！」『ぐっ！』『馬鹿な！」

精鋭の騎士たちが、吹き飛ばされ、地面に転がった。

ゆらりと立ち上がったのは、膨大な魔力をまとったヘルマン王子だった。

髪の毛は逆立ち、目は真っ赤《まっか》に充血し、鼻からは血が溢れている。

握ったガラス瓶《びん》は空になっており、ぼりぼりと何かを噛むような音が口からこぼれた。

勇者ジゼルが目を見開き、声を上げる。

「この魔力量！　あなた、なにか薬を使いましたわね⁉」

ヘルマンが体を震わせながら叫んだ。

「うるさいんだよおおおぉっ！　こうなったらもうお前らを教会には行かせない！　教会で何が起ころうと知ったことか！　くく……見ろ、この溢れんばかりの魔力を！　この鎧も剣も！　魔力を流せば流すほど性能が上がる逸品だ！　かかってこい。教会に行きたくば――　この僕を倒してみろおおおおぉっ！」

「前衛抜剣！　制圧せよ！」

年重の騎士が号令を掛けると、前衛の騎士たちが一斉に斬《き》りかかる。

しかし、ヘルマンの鎧は精鋭たちの攻撃を物ともしなかった。

「なに⁉」「剣が！」

それどころか、騎士たちの剣の方が傷つき、ひび割れてしまう。

ヘルマン王子が声を上げた。

「ぎゃはははは！　見たか！　そんななまくらでは僕の鎧に傷一つつけられないぞ！　さあ、今度は僕の番だっ！」

ヘルマンが剣を抜く。

その刀身に魔法術式の文様が走り、青白く輝いた。

魔力によって硬度や鋭利さが増す人造魔剣である。

「盾役《たてやく》、前へ！　攻撃を抑えよ！」

「無駄無駄無駄無駄ああああっ！」

ヘルマン王子が豪快に水平斬りを放つと、盾役の騎士たちがなぎ倒された。

「ぐくぅうっ！」「これは！」「〈身体強化〉か！」

ヘルマンに騎士たちをなぎ倒すほどの膂力《りょりょく》はない。

だが、いま王子は溢れる魔力で〈身体強化〉を行い、あり得ないほどの力を振るっていた。

騎士たちが立ち上がろうとして、盾の上部が斬り飛ばされていることに気づき、驚きの声を上げる。

「なんだと!?」「魔剣並の切れ味だ！」

その戦いを静観していた勇者ジゼルが、ついに剣の柄に手を伸ばす。

それを見て、リオンは前に進み出た。

「ジゼル様、ここは自分に任せていただけないでしょうか？」

ジゼルはしばらくリオンを見つめたあと、騎士たちに向かって手を振る。

騎士たちが王子から離れ、リオンにその場を譲った。

勇者がリオンに言う。

「早く仕留めて差し上げて。もう保ちませんわ」

リオンにも分かっていた。

ヘルマン王子は興奮で気づいていなかったが、目や鼻、耳からも血が溢れ、肌は死人のように白くなっている。

ヘルマンが使った薬は、生命力を無理やり魔力に変える劇薬だったのだ。

おそらく、その薬もグスタフからもらったものだろうとリオンを思った。

ヘルマン。お前もグスタフに踊らされた被害者の一人かもしれない……

だが――

リオンはヘルマン王子を正面から見据える。

――けじめはつけさせてもらおう。

ヘルマンがリオンを見て、声を張り上げた。

「護衛が僕とやろうというのか！　その安っぽい剣で僕に敵《かな》うとでも⁉　くはっ！　笑わせる！　僕の鎧は――」

次の瞬間――

王子の周囲に、光の軌跡が幾筋も走る。

その剣圧に強烈な旋風が巻き起こった。

リオンがすっと離れて、剣をパチンと鞘《さや》に収めると――

ヘルマンの鎧にひびが入り、次第に亀裂が広がり、ついにはばらばらに砕け散った。

辺りが静まり返る。

あとには、ずたずたの鎧下だけになった王子が立ち尽くしていた。

「…………は…………？」

何が起こったのか分からず、ヘルマンはぼう然とした。

王子は地面に散らばった金属片を見て、自分の姿を見下ろし、次第に理解し始める。

「え？　……え⁉」

リオンは、あの一瞬でヘルマンに接近し、斬ったのだ。

鎧を、すべて、斬った。

リオンが静かに尋ねる。

「攻撃しなくていいのですか？」

「うわっ！ うわあああああああぁっ！」

ヘルマン王子は我に返ると、叫び声を上げながら、剣を振り下ろす。

リオンはその剣撃をじっと見ると、無造作に、今度は剣を斬った。

澄んだ音をさせて飛んでいった剣先が、地面に突き刺さる。

真っ二つになった剣を見て、ヘルマンが目を見開いた。

「……な……なな、なんで⁉ なん、なんだあああぁっ⁉」

剣で剣を斬るなど、到底不可能である。

ましてやヘルマンの剣は、大金をはたいて作らせた名工による人造魔剣。

しかも、増大させた魔力によって強化されているのだ。

それなのに――

「ぼ……僕の剣があああぁっ！」

ヘルマン王子が恐怖に歪んだ顔で後ずさりすると、ぺたりと尻餅をつく。

勇者や騎士たち、クレハが、目を見開いてその一瞬の攻防を見ていた。

リオンが使ったその技は――〈武装破壊《アーマーブレイク》〉。

完璧な武器は存在せず、品質も強度も均質ではない。

製造工程において、武器には自ずと強い箇所と弱い箇所ができてしまうのだ。

その弱い部分のみに斬撃《ざんげき》を与えることで、武器を破壊するのがこの技である。

剣豪王ガイストに教えてもらった固有剣技の一つであった。

リオンはヘルマンに剣を向けると、もう一度尋ねる。

「次は体を斬り刻みましょうか？　そこでばらばらになっている鎧のように」

ヘルマンは地面に散らばった鎧の破片を見ると、顔をぐしゃりと歪ませ、叫び声を上げた。

「ひっ、ひいいいぃっ！　やめっ、やめてっ！　もう、やめてくれえええええぇっ！」

王子は地面にうずくまると、体を震わせ、泣きじゃくる。

「……もうやめてえ……ううう……」

圧倒的な力の前には、ひれ伏すことしか許されない。

何がどうなったか分からないまま、ヘルマン王子は恐怖と絶望に打ちのめされた。

リオンはヘルマンの背中を見て、思う。

……手足の一本や二本、斬り飛ばしてもよかったが、それをすれば、ティアの心を煩《わずら》わせるかもしれない。

今回は、心を折っただけで勘弁してやろう。

だが……次はないぞ。

誰もが沈黙する中、王子の嗚咽《おえつ》だけが教会前に響く。

騎士たちも、クレハさえも動けなかった。

今、目の前で起こったことが信じられない。

なぜ魔力で強化された鎧を斬ることができたのか？

どうして、支給された鉄剣で、逸品の剣を両断できたのか？

誰にも分からない。

理解できない。

それは、勇者とて同じだった。

勇者ジゼルが、物問いたげな表情でリオンを見る。

リオンはその視線を受け流すと、勇者に言った。

「ヘルマン王子のこと、任せていただきありがとうございました。――では、ジゼル様、お早く教会を！」

「え……ええ、そうですわね！」

ジゼルが我に返ったようにうなずくと、年重の騎士に命じた。

「裏口に回る時間が惜しいですわ。正面の扉をわずかに開けて中を確認なさって！」

「はっ！」

騎士が、慎重に教会の扉に手を伸ばした瞬間――「むっ！」――凄まじい勢いで吹き飛ばされた。

「なに⁉」「なんですの！」

リオンも、勇者も驚きの声を上げる。

教会の扉には、巨大な魔法陣が浮かび上がっていた。

その光景を見て、騎士たちも驚きに目を見開く。

リオンはすかさず尋ねた。

「ジゼル様、あれは結界です！　儀式中はあのような結界を張るものなのですか⁉」

勇者が目を見開いて首を振る。

「いいえ……結界を張るなんて聞いていませんわ！　これは間違いなく何か起こっていますわね。私の責任でこの結界を破ります！　騎士たち、全員で教会を囲みなさい！　伝令、近衛《このえ》騎士団にこの件を報告なさって！　王子の護衛はヘルマン殿下を退避させなさい！」

騎士や護衛たちがすばやく勇者の指示に従って動き出す。

クレハも駆け寄ってきて、教会の扉を心配そうな顔で見つめた。

教会で何かが起こっているのはもう間違いない。

リオンが焦りの表情で勇者に言った。

「ジゼル様、お願いします！」

「任せるのですわ！」

ジゼルが剣を抜き放つと、気合とともに魔力を込めていく。

結界とは、特定の空間を結界術式を用いて固定したものである。

その術式を解くには特別な手順が必要であり、手順が分からない限りは解除できない。

だが、どんな強固な鍵《かぎ》でも、その強度を遥《はる》かに上回る力を加えれば壊すことは可能だ。

それは、結界術式でも同じである。

「行きますわ！　お下がりになって！」

勇者の剣が直視できないほどの輝きを放った。

ジゼルが大きく踏み込むと、神速の一撃を結界に叩き込む。

「はあああああっ！」

斬った瞬間、浮かび上がった魔法陣が両断され、高質な音を響かせて砕け散った。

結界解除、成功である。

魔力を大量に使い、がくりと片膝をついた勇者が扉を指差した。

「リオン、突入なさって！」

「感謝します！」

リオンは駆け出すと、扉に体当たりしてぶち破る。

そのままの勢いで、前転しながら教会内部に突入した。

すかさず飛び起き、祭壇を見て――ひゅうと息を呑み込んだ。

そこには憎悪を滾《たぎ》らせた表情の大神官グスタフと――

魔法らしきもので拘束されたセレスティア王女がひざまずいていた。

王女はぐったりとして、力なく項垂れている。

大神官グスタフが驚きの表情で、声を上げた。

「な、なんじゃと⁉　あの結界を破りおったのか！　ええい、邪魔者は殺せいっ！」

『ウォオオオオオォンッ！』

銀狼の群れが一斉に、リオンに飛びかかってきた。

だが、彼は魔獣のことなど眼中にない。

その目は、祭壇の前の王女にだけ注《そそ》がれていた。

喧騒《けんそう》が遠のき、何も聞こえなくなる。

リオンの胸が、どくんと跳《は》ねた。

……おまえ……ティアに……

妹に……手を出したのか……？

その直後、全身から目に見えるほどの殺気が放たれ、髪の毛が一気に逆立った。

――許さんっ！

飛びかかってきた銀狼が、その膨大な殺気に当てられ、怯えたように身を縮ませたが――

もう遅い。

『キャウウウゥッ！』

次の瞬間、銀狼たちは、空中で水風船が爆発したかのように弾《はじ》け飛んだ。

大量の鮮血が飛び散り、信徒席を真っ赤に染める。

リオンはその一瞬で、銀狼の群れに無数の斬撃を繰り出したのだ。

クレハや、教会に飛び込んできた勇者が、その光景を見て思わず絶句する。

大神官が驚愕の表情で声を上げた。

「な……え⁉　銀狼が⁉　な、なんじゃお前は！　む？　貴様は護衛の──」

その言葉が終わるのを待たずに、リオンは床を蹴《け》って爆発的に加速すると──

数秒後には、妹を抱えて、扉付近にふわりと着地していた。

勇者ジゼルも、クレハも、大神官も、何が起こったのか分からない。

次の瞬間、教会内に凄まじい衝撃波が巻き起こり、祭壇が崩れ、信徒席がなぎ倒され、照明が落ちてきた。

その衝撃波は、リオンの動きによって引き起こされたものである。

リオンは何をしたのか。

彼は祭壇前まで瞬時に移動すると、拘束魔法を斬って妹を助け、祭壇を蹴って元いた場所まで跳んで戻ったのである。

拘束魔法を斬った技は、魔術王ケネーシュから伝授された魔法剣〈斬魔〉。

リオンにとって、その程度の魔法を斬ることは造作もないことだった。

腕の中の王女は、意識が朦朧《もうろう》としているのか、うわ言のように言う。

「……兄様……レオンハルト兄様……？」

リオンはそんな彼女をそっと抱き締めると、耳元で囁《ささや》いた。

「遅れてごめんよ、ティア。兄さんが来たからね。もう大丈夫。安心してお休み」

その声が聞こえたのか、王女の表情が和らぐと、眠るように気を失った。

リオンは涙を堪え、妹の顔を見つめる。

そのとき、背後から怒声が響いた。

「おい！　おいいいいいい！　儂を無視して何をやっておる！　そやつを返せ！　その穢れた魔女は大事な魔力源じゃあああ！」

気を失った王女から手を離すと、リオンはクレハに彼女を任せる。

「セレスティア様を頼む」

「分かったわ！　よかった……ティア様が無事で本当によかった！」

リオンが立ち上がると、勇者ジゼルも横に並んだ。

大神官が怒り心頭で大声を上げる。

「おい！　儂の話を――」

勇者が大神官を見て、不思議そうな顔でリオンに尋ねた。

「ねえ、リオン。あの方、気がついていないのかしら？」

「さあ、どうでしょう」

大神官グスタフが一歩踏み出そうとすると、床で滑って盛大に転んだ。

体を起こそうとしたとき、彼はようやく、そのことに気づく。

床に広がる大量の鮮血。寒くなっていく体。霞《かす》んでくる視界。

「……あ……？」

大神官は腕で体を支えようと思ったが――

「……え？　……は？　……あ……――はああああああああっ⁉」

彼の両腕は、もうなかった。

見事な切り口で切断されている。

肩口から大量の鮮血が飛び散り、床を汚していた。

床に広がる自分の血に滑って、彼は転んだのである。

「ひ、ひいいいいいい！　なんじゃあ！　なんじゃこれはあああああ⁉」

リオンが祭壇の方を指差して、言った。

「お前の腕は、あそこだ」

大神官が蒼白《そうはく》な顔で祭壇を振り向くと、そこには彼の両腕が、まるで祈りを捧げるかのように、そっと置いてあった。

大神官の顔が怒りに歪む。

「儂の……儂の腕がああああ！　おのれおのれおのれええええええ！　魔女を庇《かば》い立てする貴様らも、

我が怨敵《おんてき》！　目にもの見せてくれるわあああ！」

大神官はそう叫ぶと、奥歯をがちりと噛んだ。

彼は緊急時に備え、奥歯に薬を仕込んでいたのである。

その途端、彼の顔が、皮膚が、みるみるうちに黒くなり、膨れ上がっていく。

「くくく！　くははは！　見よ！　見るがいい！　儂は完成させたのじゃ！　魔物の力を取り込み、究極の力を手に入れる禁忌《きんき》の技をのおおお！」

まるで体の中で何かが増殖しているかのように、どんどん大きくなっていく。

ごぼごぼと不快な音をさせながら、大神官だったものが叫んだ。

「これぞ秘儀〈人魔合一〉！　貴様ら！　全員！　――皆殺しじゃあああああ！」

巨体は膨らみ、すでに聖堂の天井に届きそうになっている。

斬られた肩口が内側から盛り上がると、中から触手のような腕がずぼっと生えてきた。

「あれは魔物の腕!?」

リオンが声を上げると、勇者が叫ぶ。

「もはや化け物ですわね！　私の騎士たち！　衛兵と協力し、周囲から民を避難させなさい！ここは戦場になりますわ！」

ばきばきと骨が砕けるような音を立てながら、大神官が変形していく。

手足は何本もの触手となり、口は耳元まで裂け、鋭い牙が生えてきた。

変形の終わった大神官が、ぶるりと体を震わせる。

リオンと勇者は目を見合わせた。

攻撃が――来る！

リオンは急いで王女とクレハのところに駆けつける。

勇者が声を張り上げた。

「退避してくださいまし！　攻撃が来ますわ！」

リオンはクレハに声を掛けると、両腕に二人を抱きかかえた。

「しっかり摑まれ！」

二人を抱えたリオンと、勇者ジゼルが扉から飛び出したとき、教会の建物に幾筋もの亀裂が走った。

次の瞬間――

教会が斬り刻まれ、壁が、窓が、屋根が、すべてが爆発したかのように壊れ、砕け散った。

地鳴りのような衝撃と、辺り一帯を震わせる轟音《ごうおん》が響き渡る。

「きゃあああ！」『ば、爆発⁉』『逃げて！　逃げてえええ！」

大勢の叫び声が響き、辺りは騒然となった。

クレハが王女を庇いながら、激しく咳き込む。

リオンと勇者は教会から距離を取ると、苦い表情で振り向いた。

砂煙が収まると、瓦礫《がれき》の向こうに巨大な影が姿を見せる。
それは、大神官の成れの果てであった。
大神官は、無数の触手を縦横に振るい、教会全体を斬り刻んだのである。
近くにいた民たちも、騎士や衛兵たちも、ぼう然と、その魔物を見上げた。
黒々とした体躯《たいく》に何本もの触手が蠢《うごめ》く。
膨張した頭部には、辛《かろ》うじてグスタフの面影《おもかげ》があった。
クレハが戦慄《せんりつ》の表情で口にする。
「あれが……大神官グスタフ……」
かつて大神官だったものが、周囲を睨みつけると雄叫《おたけ》びを上げた。
『ばあああああああおおおおおおぉっ！』
その大音声に、大地が震え、城壁が崩れ、瓦礫が飛び散る。
聖都のあちこちで警報の鐘が鳴り始めた。
すでにこの騒ぎは伝令によって各騎士団に伝えられたのである。
もはや、祭りどころではない。
騎士団が集まりつつあったが、戦闘より民の避難が先である。
時間をかければかけるほど、被害が広がるのは明らかだった。
クレスタ城では王族たちも動き始めているだろうが、指示を待っている時間はない。

リオンは、気を失っている王女の横に膝をつくと、彼女に告げた。

「被害が大きくなる前に、あれを倒して参ります」

そして、クレハにうなずく。

「王女を安全な場所に。あとは頼んだぞ、クレハ！」

「分かった。任せて！」

クレハが王女を背負ってその場を離れると、リオンは前に進み出た。

勇者ジゼルも、その横に並ぶ。

彼女も共に戦おうというのだ。

リオンは勇者ジゼルに、含みのある声で尋ねる。

「もう止めないですよね？　ジゼル様」

ジゼルは横目でリオンを睨んだ。

「……わりと嫌味な方ですのね、リオンは。あの場合、あなたを止めるのが私の責務でしたの。そういうことですから、私、謝りませんわよ？」

雪辱戦などと言って戦う気満々だったくせに、この返答である。

リオンはため息のように一つ吐くと、口の端を上げた。

「それでこそ、王国の勇者です」

「お褒めいただき光栄ですわ」

二人は軽口を言い合うと、魔物を睨む。

「ではジゼル様、参りましょう」

「ええ、リオン。——軽くひねって差し上げてよ?」

王国最大戦力の勇者ジゼルと、勇者と互角に渡り合う専属護衛リオン。

二人の最強が、魔物と化した大神官を相手に戦闘を開始する。

＊＊＊

二人は地面を蹴ると、凄まじい速度で大神官に接近した。

気づいた大神官は、鞭《むち》のように触手を振り回す。

辺りの瓦礫が斬り刻まれ、破片が吹き飛んだ。

『勇者の小娘と護衛の若造があぁ！　死ぬがいいいい！』

ごぼごぼとした不快な音とともに、大神官の野太い声が響く。

勇者が嫌そうな顔をすると、剣を縦横に振るった。

勇者の固有剣技、遠距離斬撃〈風刃《ブレッザ》〉である。

「汚い言葉を使わないでくださいまし。不愉快ですわ！」

迫ってきた触手が、無数の風の刃に、千に、万に、斬り刻まれる。

ぼとぼとと触手の輪切りが、瓦礫の上いっぱいに落ちてきた。
『ぎゃああああああああ！』
耳をつんざくような悲鳴を上げる大神官に、今度はリオンが斬りかかる。
「では俺は――足をもらおう！」
器用に瓦礫の上を跳躍すると、足元を高速で駆け抜けながら、神速の剣を振るう。
大神官の足が爆発したかのように吹き飛び、どす黒い血が辺り一面に飛び散った。
バランスを崩し、大神官が地面に倒れていく。
『ぎぎぎぎぎ！　おのれおのれえええええ！』
触手で体を支えようとして、大神官は驚いた。
触手が、すべて、ない。
触手という触手が、すべて根元から切断されていた。
勇者が剣を振って血を払いながら、楽しそうに口を開く。
「ごめんあそばせ。気味の悪い触手はもうございませんの」
勇者の周りに、ぶつ切りになった触手が山盛りになっていた。
『ぐぬぬぬうううううっ！』
轟音を響かせ、土砂を巻き上げ、大神官が倒れていく。
大量の砂煙が上がり、勇者もリオンも、後ろに跳んで距離を取った。

勇者が後方へ跳びながら、空中で、水平斬りの構えを見せる。

今度は触手ではなく、大神官本体を追撃する構えであった。

「さあ、次は三枚おろしですわ！」

剣を振るい、〈風刃《ブレッザ》〉を放とうとした瞬間――

「え⁉」

砂煙の向こうから、槍《やり》のようなものが高速に飛び出してきて、勇者を襲う。

リオンが横から突進し、抱きかかえるようにして彼女を助けた。

「ジゼル様、近づきすぎです！」

勇者は珍しく顔を真っ赤にして、声を上げる。

「い、今のを避けるくらい自分でできましたのに！　……それにしても今のは？」

リオンは勇者を着地させると、答えた。

「おそらく再生したのでしょう」

砂煙が収まり、大神官の姿が顕《あらわ》になる。

大神官は体を起こすと、触手を蠢かせた。

体がすべて元に戻っている。

『がはははは！　見よこの再生能力！　これはヒュドラの特性を取り込んだものじゃ！　貴様らに儂は止められん！』

さらに鋭くなった触手攻撃を避けながら、二人は小声で相談した。

「再生能力がなんだというの？　再生速度を上回る速さで攻撃すればいいだけではなくて？」

「おっしゃるとおりです。何か適当な剣技をお持ちではないですか？　都市に被害を出さず、あのくらいの大きさの魔物相手に使える技がいいですね」

勇者は少し考えた。

「そうですわね……あれが使えるかしら？　標的を滅し尽くすまで光の剣が追撃する範囲攻撃技がありますの」

事も無げに言うジゼルを見て、リオンは素直に感心する。

やはり範囲攻撃ができるのか……侮《あなど》れないな……

リオンはうなずくと、ジゼルに言った。

「いいですね。それでいきましょう。発動条件はありますか？」

「しばらく魔力を溜める時間が必要ですの。時間稼ぎをお願いしてもよろしくて？」

リオンは勇者から跳び離れながら、口にする。

「お任せください」

大神官が怒りで顔を歪ませた。

『敵の目前で相談事とは！　舐《な》められたものじゃのおおお！』

触手を鞭のようにして高速に振るい、全方位から攻撃してくる。

勇者ジゼルが、剣に魔力を溜め始めた。
リオンは時間を稼ぐため、大神官に急接近する。
『忌々《いまいま》しい護衛があ！』
触手がぎゅるぎゅると一つにまとまると、巨大な槍のようになった。
続いて、槍の表面が金属の鱗《うろこ》のようなもので覆われていく。
「あれは硬質化か……？」
リオンの予想どおり、槍の硬度を上げているのだ。
触手の槍が完成した途端、大神官はその巨大な槍を、超高速でリオンに撃ち込む。
強烈な衝撃波を撒《ま》き散らしながら、触手の槍がリオンに迫った。
『がははは！　これは硬鋼蜥蜴《メタルリザード》の鱗よ！　斬ることなど不可能じゃああ！』
リオンはその場から動かなかった。
『くは！　恐怖で動けぬか！　哀れよのおおお！』
大神官の言葉に、リオンは眉一つ動かさない。
彼は動けなかったのでなく、その槍をよく見るため、その場に留まったのである。
リオンは槍をじっと睨むと――数度、剣を振るった。
その何気ない剣撃に、大神官の顔が驚愕に醜く歪む。
『な……な⁉　馬鹿なあああっ！』

槍は真っ二つになると、四つに、八つに、十六に分割され、ぼとぼとと落ちていった。

これはヘルマンの鎧を斬ったときにも見せた技〈武装破壊《アーマーブレイク》〉である。

急ごしらえの武器など、リオンにとってはただのおもちゃだった。

大神官が憤怒の形相で叫ぶ。

『おのれえええ！　――ぬ？』

そのとき、状況をまだ知らない騎士たちが駆けつけてきた。

「あれは何だ！」『魔物か！』『この瓦礫は教会⁉』『魔物を囲めぇえ！」

大神官が騎士たちを見て、にたりと口元を上げる。

リオンが慌てて声を上げた。

「下がってください！　攻撃されます！」

殺到してくる騎士たちに向け、大神官が触手を振るう。

しまった！

リオンは地面を蹴ると、騎士たちを守るようにして立ちはだかった。

鞭のような触手の波状攻撃を、騎士の目前で弾き返していく。

すべての攻撃をさばいたところで、向こうから騒ぎを聞きつけた騎士たちが、さらにやってきてしまった。

リオンは唇を噛み締める。

「下がって！　下がってください！　ここは危険です！　俺に任せて！」
「何を言う！　我らも助太刀いたしますぞ！」
大神官がここぞとばかりに触手を振るってきた。
『げははは！　その無能な騎士たちを庇って、どこまで耐えられるかなああ！』
さすがに聖都の騎士である。
勇敢にも魔物に立ち向かおうと集まってくるのだが、今回はそれが裏目に出た。
騎士たちが増えれば増えるほど、リオンの負担が大きくなるだけなのである。
混乱しながらも、戦う意欲を見せる騎士たち。
リオンは魔力を溜めている勇者にちらりと目をやった。
剣の輝きが増していく。
もうすぐ剣技を出せそうだった。
溜め終わるまで、大神官にそのことを気づかれてはいけない。
いま、勇者ジゼルは無防備なのだ。
しかし、間の悪いことに――
「あ！　あそこにジゼル様が！」
騎士の一人が勇者に気づき、声を上げてしまった。
大神官がぎろりと目をやると、にたあと醜い笑みを浮かべる。

勇者が何かしようとしていることに気づいたのだ。
まずい！
リオンは一瞬考えると、覚悟を決める。
怪我人が出るかもしれなかったが、騎士たちをここから排除するしかなかった。
そうでなければ、いずれ人死《ひとじに》が出る。
リオンは騎士たちの前で、剣を地面に突き刺すと、声を上げた。
「すみません！　皆さんをこの場から――排除します！」
騎士たちがいぶかしげな表情で顔を見合わせた瞬間、リオンは――
「はあああああああっ！」
ありったけの殺意を、騎士たちに向けて放った。
強力な殺意の波動が、凄まじい衝撃波として騎士たちを襲う。
「がはっ！」『ぎゃ！』『うっ！」
騎士たちは短い悲鳴を上げながら、遠くまで吹き飛ばされた。
地面に落ち、転がっていく騎士たちは声も上げない。
全員、気絶したのである。
よし、次だ！
騎士たちを強制的に戦場から排除したリオンは――

「うぉおおおおおお！」

今度は、振り向きざまに剣を投げた。

回転しながら飛んでいく剣は、勇者の目前まで飛び、彼女に迫っていた触手を斬り落とす。

『なんじゃあ⁉　またお前か！　邪魔立てするなああ！』

大神官が叫び、勇者に触手を振り下ろそうとした瞬間、彼女からまばゆい光が放たれた。

大神官が思わず顔をそむけ、触手の攻撃が勇者を逸れる。

「ジゼル様！」

リオンが叫ぶと、勇者はリオンの方を見て、ウィンクして見せた。

「時間稼ぎお疲れさまですわ。ここからは——私の出番ですの！」

『な、なにをおおお！』

大神官が叫び、勇者に、触手による全方位攻撃を加えようとするが——もう遅い。

勇者ジゼルが剣を掲げ、宣言した。

「標的、敵性魔法生物。構えよ、我が剣！」

口にした途端、大神官を円状に囲むように、無数の光の剣が出現した。

現れた剣は標的を中心にして、凄まじい速度で回転し始める。

回転する剣は次第に見えなくなり、光の輪のようになっていった。

ジゼルがすかさず剣を振り下ろす。

「――抜剣！」

『な⁉』

大神官が顔を歪めた瞬間――光の輪から、幾本もの剣が大神官に向けて殺到した。

『ぎ！　ぎゃっ！　ぎゃあ！　やめ！　ぐがっ！　ぎひいいいいいいいぃ！』

無数の剣が、大神官の体を切り裂き、突き刺し、斬り刻む。

触手が千切れ、肉片が飛び散り、大神官の体は、瞬く間にボロ雑巾《ぞうきん》のようになっていった。

大神官から吹き出したどす黒い血は、見えない障壁に阻《はば》まれ、周囲には飛び散らない。

すべての事象は、敵を囲む標的空間の中で起こり、周りには影響を及ぼさないのだ。

『やめっ！　やめてくれ！　儂の！　儂の体がっ！　ぎぎぎ――ぎゃあああああああ！』

光の剣は範囲外に消えると、別の方向から現れ、また標的に斬りかかる。

標的が滅するまで、その無限の剣撃が止まることはない。

範囲内の標的は、塵芥《じんかい》となるまで、徹底的に斬り刻まれ、粉砕される運命なのだ。

回転する剣で作られた光の輪は、時に広がり、時に狭まり、硬質な音を響かせる。

それはまるで、刻々と変化する光の花であった。

見とれるほどの美しさと、それと相反する途轍《とてつ》もない破壊力。

これぞ勇者ジゼルの固有剣技の一つ――〈光刃剣華《フィオレ・スパーダ》〉である。

リオンはその凄まじい剣技を見て、内心思っていた。

さすがは勇者だ……だが、おそらくまだ本気じゃない。
全力を出した勇者の相手をするのは、かなり骨が折れそうだ……
しばらくして、ジゼルが剣たちに命じた。
「討伐完了——納剣せよ！」
標的空間が消え、固有剣技が終了した。
大量の肉片が、瓦礫の上に落ちてくる。
かなりの魔力を消費したのだろう、彼女は息を荒げていた。
勇者がふらりとバランスを崩すのを、リオンは駆け寄って抱きとめる。
彼女は素直にリオンに体を預けると、恥ずかしそうな笑みを浮かべた。
「私としたことが、ちょっと魔力を使いすぎましたわ」
二人は肉片の山の中に、元に戻った大神官の頭を見つける。
魔物と融合した大神官はしぶとく、瀕死《ひんし》の状態だったが、まだ息があった。
二人が近づいてきたのが分かったのか、狂気を宿した目でリオンたちを睨みつける。
リオンは大神官を見下ろすと、口を開いた。
「ここまでだ、大神官グスタフ。お前の計画はこれで終わりか？　それとも——」
そのときである。
城の方から声が聞こえてきた。

「民の避難が優先だ！　第一、第二騎士団は誘導を！　近衛騎士、私に続け！」

数名の近衛騎士とともに現れたのは、勇者ジゼルによく似た赤みがかった髪の偉丈夫。

似ているのも当然。その男は勇者一族クレージュ家の現当主、ヴィクター・ロラン・クレージュその人であった。

国王陛下の剣として、いままで数多《あまた》の戦火をくぐり抜けてきた王国の守護者である。

彼の姿を見るだけで、民たちは安堵《あんど》し、衛兵や騎士たちは奮い立った。

勇者ヴィクターは崩れ落ちた教会に目をやり、声を上げる。

「なんということだ……大神官グスタフの謀反は真《まこと》だったか！」

勇者ジゼルは父の突然の登場に驚いたが、すぐに彼に駆け寄った。

「お父様！　どうしてここに⁉」

ヴィクターは娘に目をやり、破顔する。

「おお、ジゼルか！　そなたの伝令からの知らせを受け、陛下が教会に行くよう命じられたのだ。この場の指揮は近衛騎士団団長たる私と、宰相閣下が取る！」

勇者ヴィクターの傍らにいた宰相が、さっそく指示を出していく。

「治癒師は負傷のひどい者から応急処置を！　兵たちは魔術師と協力して瓦礫を退けろ！　救護兵は軽症者を仮設治療所に運ぶのだ！」

治癒師や魔術師、救護兵たちが、それぞれの使命を果たすため散開していった。

ヴィクターが口を開く。

「ジゼルよ。後ほど詳しく事情を聞くが、まずは礼を言わねばなるまい。大神官グスタフの鎮圧、誠に大儀であった。さすがは我が娘！」

宰相がその様子を見て、ため息をついた。

勇者ヴィクターの親バカぶりは、王宮関係者には周知の事実なのである。

ジゼルは父に褒められて満面の笑みを浮かべると、頭を下げた。

「もったいない御言葉ですわ！　ですが、大神官を討ち取ることができたのは、この者の助力があったおかげですのよ？　彼はセレスティア殿下の専属護衛リオン。彼の警告がなければ、大神官の裏切りに気づくこともありませんでしたわ」

勇者ヴィクターが、娘の隣で膝をついている護衛に目を向けた。

「ほう、貴君が噂に聞くセレスティア殿下の護衛か。娘がこのように他人を立てるのは珍しい。よほど気に入られたようだな。顔が見たい。面《おもて》を上げろ！」

「はっ！」

リオンが顔を上げると、勇者ヴィクターはまじまじとリオンの顔を見る。

「うむ、良い面構《つらがま》えだ。覚えておこう。……だが、ジゼルはやらんぞ？　ふははははは！」

「お父様！」

豪快に笑うヴィクターに、勇者ジゼルが頬を赤らめて抗議の声を上げる。

そして、ヴィクターは少し離れたところにいた少女を見ると、深い安堵の息をついた。

彼女の前まで歩くと、膝をついて頭を下げる。

「ご無事でなによりです——セレスティア殿下」

クレハに支えられていたセレスティア王女は、勇者ヴィクターにうなずいた。

「ヴィクター閣下。迅速な救援に感謝いたします」

王女は、ヴィクターが来る少し前に目を覚ましていたのだ。

勇者ヴィクターは王女に立ち上がる許可をもらい、口を開く。

「殿下にも事情を聞かねばなりません。後日、連絡を寄越しましょう」

「かしこまりました。——それで閣下、実は急ぎお伝えしたいことがあるのです」

王女はクレハから事情を聞き、まだこの事態が終わっていないことを悟っていた。

「どのようなことでしょうか?」

ヴィクターの問いに、王女はリオンを呼ぶ。

「はい。リオン、ヴィクター閣下にご説明を」

「は!」

リオンは勇者ヴィクターたちに説明した。

「ただいま、大神官が所持していた地図を調べています。彼がまだ何か企んでいた恐れがあるのです。そろそろ結果が分かるころかと……」

宰相が思わず声を上げる。

「大神官が持っていた地図だと⁉　それは……！」

その場が騒然としたとき、城の方から声が近づいてきた。

「リオン殿！　セレスティア殿下も！　ご無事でよかった！」

皆が目をやると、向こうから隊長たちが走ってきた。

リオンが声を上げる。

「隊長！　ちょうどいいところに！」

隊長たちは近くまで来たところで、勇者ヴィクターや宰相に気づき、すぐに立ち止まると慌てて膝をついた。

リオンは、隊長たちに手短に大神官鎮圧の件を話すと、再びヴィクターに向き直る。

「ヴィクター様。こちらはセレスティア殿下の警護隊を率いてくれた隊長です。――隊長、調べた結果を報告してもらえますか？」

隊長は、王の剣たる勇者ヴィクターを前にして、青くなりながらも口を開いた。

「は、はい！　私はリオン殿から、この地図を調べるよう依頼されました。地図は聖都クレスタのものです。魔術師に見せたところ、地図上に描かれているのは大型の魔法術式だと判明しました。ですが、術式が何かまでは分からず……」

宰相が振り返ってすぐに指示する。

「魔術師長、参れ！　この術式が何か答えるのだ！」

宰相はあらゆる事態に備え、魔術師長も呼んでいたのである。

老齢の宮廷魔術師長が現れ、地図を見ると、驚きの表情で報告した。

「恐れながら申し上げます。これは、都市攻撃用の大規模魔法術式でございます」

宰相が声を上げた。

「なんと！　詳しく説明せよ！」

皆が息を呑む中、魔術師長は説明を続ける。

「とは言え、おそらく危険はありますまい。聖都全体に、このような術式を描けるはずがございませんし、そのようなことをして我々が気づかぬ道理もありませせぬ」

宰相が安堵の息をついた。

「そ、そうか……ならば大丈夫なのだな？」

「まずは問題ないかと存じます」

魔術師長の言葉を聞いて、リオンは地図を思い起こし、ふと思い当たる。

本当に大丈夫なのか……？　もしかして……

リオンは声を上げた。

「恐れながら！　発言をお許しいただけないでしょうか！」

勇者ヴィクターと顔を見合わせると、宰相が言う。

「申せ」

「は！　――隊長、もう一度、地図を見せてもらえますか？」

リオンは立ち上がると、隊長に改めて地図を見せてもらった。

地図上の魔法陣を指でなぞり、そのことに気づく。

「……もしかすると、術式はもう完成しているかもしれません」

皆が驚き、魔術師長が不機嫌な顔で言った。

「なにを根拠にそのようなことを！　どうやって我々に気づかれずに、都市全体に術式を施せるのだ!?　説明を要求する！」

王女や勇者、隊長たちが見つめる中、リオンは続ける。

「はい、魔術師長様。地図をよくご覧ください。この魔法陣の軌跡には見覚えがありませんか？　クレスタ城を囲むように、この通りからこの通りへ。そして、ここを曲がって……」

宰相がいち早く気づき、声を上げた。

「ま、待て……まさか……これは!?」

リオンが宰相にうなずいて続ける。

「お気づきになりましたか。これはおそらく――都市の飾り付けです」

魔術師長が目を見開いて、地図を覗《のぞ》き込んだ。

「な！　まさか……いや、あり得るのか！　確かにあの飾り付けは魔力を通せる……あれを使えば、誰にも気づかれずに魔法陣を描くことは可能だ！」

勇者ヴィクターが思わず口を開く。

「なんだと⁉　ならばこの都市が危ないというのか！」

魔術師長が慌てて首を振った。

「い、いいえ、そうではございません！　仮にそうだとしても、大量の魔力がなければ術式を起動することは不可能でございます！」

そこで勇者ジゼルが発言した。

「さきほどグスタフが、セレスティア様のことを『大事な魔力源』と言っていましたわ。もしかして、この術式を動かすために、殿下の魔力を利用しようとしていたのではなくて？」

魔術師長がジゼルにうなずく。

「なるほど……それはあり得ますな。いやはや、なんと恐ろしいことを！　しかし、ならばなおさら、術式が起動することはありますまい」

それを聞いて、一同がほっと胸を撫《な》で下ろす。

しかし、リオンだけは、真剣な表情で考えを巡らせていた。

グスタフは周到な奴だ……ティアの魔力を使えなかったときに備えて、次善の策を講じていたとしても不思議じゃない……

きっと何かあるはず！

そこでリオンは、隊長との会話を思い出した。

（なんでも体調を崩す者が大勢出ているそうです。救護の人員が足りないとか）

……まさか……いや、可能性はある！

「魔術師長様！　他にも魔力を調達する方法があります！　確認していただけますか!?」

今回の祭りでは、体調を崩す民が大勢出ている。

それは魔力を吸い取られたからではないか――

リオンは、大神官が魔力を取り込むのに使っていた魔法術式を取り出し、一同に説明した。

リオンが説明すると、魔術師長が真っ青《まさお》になって、もう一度術式に目を落とした。

指をなぞらせて魔法陣を追うと、しばらくして顔を歪ませる。

「う……指摘されて初めて気がつきました……攻撃魔法術式に潜ませるようにして、魔力吸収の術式が描かれております……これは……！」

皆が驚愕の表情で顔を見合わせた。

リオンがすぐさま魔術師長に尋ねる。

「術式発動には起動信号が必要なはずです！　その信号は!?」

魔術師長が魔法陣に目を走らせ、起動信号を見つけた。

彼が震えながら言う。

「起動の信号は――術者の死亡！」

リオンが息を呑み、勇者ジゼルに目をやった。

しまった！

二人が振り返ると、虫の息だった大神官が狂った笑みを浮かべていた。

「くく……くははは……がはははは！」

命を振り絞るような声で、大神官が笑う。

近衛騎士たちが、すかさず皆の前に出て、警戒態勢を取った。

肉片と化した大神官が続ける。

「ようやく分かったか……儂の命こそが魔法の起動条件よ！　術式を発動させる張本人は貴様らということじゃ！　ああ愉快愉快！　王女の魔力が使えんかったのは残念じゃが、民の魔力でこの都市は滅びるのじゃ！　これで魔女の血は潰《つい》える！　それを許した王族もろともな！　貴様ら、都市ごと、全員――死ぬるがいいいいいいぃっ！」

リオンがすかさず魔術師長に言った。

「早く治癒魔法を！」

魔術師長が、大神官の肉片に治癒魔法を掛けようと駆けつけたが――

「くく……儂の……勝ちじゃ……」

間に合わず、大神官の命が尽きた。

グスタフの瞳《ひとみ》から光が失われていく。

勇者ヴィクターが珍しく焦りの表情で問うた。

「魔術師長！　その術式とは一体何なのだ⁉」

真っ青になった魔術師長が震えながら答える。

「お、恐れながら、この術式は――」

魔術師長が、泣き出しそうな顔で叫んだ。

「大規模攻撃魔法、隕石落撃《メテオフォール》にございます！」

その場にいた全員が、目を見開き、息を呑み込んだ。

隕石《いんせき》落撃魔法――上空に巨大な隕石を召喚し、都市ごと滅ぼす戦略魔法である。

かつての大戦で二度使用され、その破壊力の大きさ、被害の甚大さから、戦争での使用を全面的に禁止する条約が結ばれていた。

その攻撃魔法が、今、起動される。

上空に光の軌跡が走り、巨大な魔法陣が構築され始めた。

皆が空を見上げ、思わず後ずさりし、その大きさに恐れ慄《おのの》く。

標的は、聖都クレスタ全域だった。

皆、動けなくなる。

リオンは奥歯を噛み締めた。

やられた……ここまで非道なことを考えていたとは！

リオンが王女を振り返る。

王女が悲痛な顔で、リオンを見た。

クレハが涙目で王女に寄り添う。

勇者ジゼルの顔からも、血の気が引いていた。

誰もが動けない中、リオンが尋ねた。

「魔術師長様！　術式展開までの時間は⁉」

皆が固唾を飲んで見つめる中、彼は震える声で答える。

「最長で……十分……」

十分⁉

その時間の短さに、皆が絶望的な顔で静まり返った。

だがのんびりしている暇などない。

リオンがすかさず声を上げた。

「ヴィクター様！　宰相様！　すぐに避難を！」

我に返った勇者ヴィクターは、すぐさま宰相に指示を出した。

「ただちに陛下の元に戻らねばならん！　宰相は先に戻り、転移門の準備をしてくれ！　民たちはクレスタ城に退避させる！　地下なら……あるいは耐えられるかもしれん！　民の避難が終わり次第、騎士団は可能な限り都市から離れよ！」

一斉に動き出した宰相、騎士、魔術師たち。

リオンは王女に駆け寄ると、彼女に言った。

「セレスティア様もお逃げください！」

「リオン！　でも民たちが！」

王女が青ざめた顔で、リオンの腕を掴む。

リオンは彼女の震える手を感じながら、空を睨んだ。

こうしている間にも、上空の魔法陣は少しずつ、だが確実に展開されていく。

術式展開完了まで――あと十分。

＊＊＊

都市中に非常警報の鐘が鳴り響き、街は騒然となった。

騎士団が総出で避難誘導を行うが、混乱はますます大きくなっていく。

各国の王族や貴族たちには、すぐさま転移門を使っての避難指示が出された。

しかし、転移門を動かすには相応の魔力がいる。

国王を始めとしたエルデシア王族たちが避難するのを最後に、転移門は使えなくなるだろう。

民たちには、クレスタ城の地下に避難してもらう以外、方法がないのだ。

勇者ジゼルが父に問う。

「お父様！　私たち一族で結集すれば、隕石を破壊できるのではなくて⁉」

ヴィクターが苦い顔で答えた。

「ジゼルよ。魔力を溜める時間があれば可能だろう……だが……」

「時間が足りませんのね……」

そこで、ジゼルが思いついたように言った。

「でしたら、王家の方々の〈神器〉では⁉」

勇者ヴィクターが悔しそうに首を振る。

「陛下の神器〈人地斬の剣〉は、地上ならば天下無双。だが、上空の敵に対しては射程が足りぬのだ……。王子、王女殿下らの〈神器〉でも、あれほど巨大なものが相手では……」

現在、公に発表されている〈神器〉を顕現《けんげん》できる王位継承者は三人のみ。

戦好きの王子、王女たちの神器は、すべて攻勢神器であった。

攻勢神器は強大な攻撃力を誇るが、拠点防御には向いていない。

今回のような事態において、民を守ることは難しいのである。

上空ではもう魔法陣が完成しつつあった。

ぎりぎりまで民たちの避難誘導を行い、王族を始めとした高位の者たちは最後の転移で避難するしかない。

それしか方法がなかった。
しかし、勇者ヴィクターとて、その選択に忸怩《じくじ》たる思いである。
民を置いて逃げるなど、勇者のすることではないのだ。
広場には魔術師団が集結し、攻撃魔法を練り始めた。
隕石が姿を現したところで、攻撃を加えるつもりなのである。
皆一様に青ざめた顔で、必死に詠唱を続けている。
だが彼らにも分かっていた。
隕石を破壊することなど、どう足掻《あが》いても無理である。
そんな魔術師たちや、血の気の引いた王女たちを見て、リオンは覚悟を固めていた。
俺が、この事態をどうにかするしかない……
人目のないところまで行けば、なんとかなるはずだ！
しかし、リオンがいきなり姿を消すのは、さすがに無理があった。
周りには勇者や騎士たち、それに隊長たちやクレハがいるのである。
護衛が王女の側を離れるのを見逃すはずがない。
どうする⁉
リオンが周囲を窺っていたそのときである。
誰もが悲嘆《ひたん》に暮れる中、そこにいた者の中で最もか弱い少女が進み出た。

王国第三王女、セレスティア・ネイ・エルデシアである。

まさか……ティア⁉

リオンはすぐに察して、声を上げた。

「セレスティア様、おやめください！　あのようなことがあった直後です！　体調も万全では――」

王女は決意を込めた目で、リオンを見返す。

「いいえ。今ここで私の力を使わないで何としましょう！　ここで立ち上がらなければ、私は一生後悔する！」

王女は勇者ヴィクターを見上げると、毅然《きぜん》とした態度で告げた。

「ヴィクター閣下、民は私が守ります。閣下はお早く陛下の元に！」

王女に言われ、勇者ヴィクターは目を見開く。

「な……まさか、殿下はすでに〈神器〉を⁉」

セレスティア王女は場違いな笑みを浮かべると、スカートを摘《つま》んで淑女の礼をして見せた。

「ええ。本日の予定どおり――皆様に立派な紋章を披露いたしたく存じます」

王女の軽口と、その奥に秘められた決然たる覚悟。

娘よりも年若い少女に、勇者ヴィクター・ロラン・クレージュは気圧《けお》された。

そして、ついに――

「ヴィクター団長！　術式が完成した模様です！」

近衛騎士が声を上げると、皆が上空を見上げた。

術式の展開が終わり、魔法陣をなぞるように光が走っていく。

いくつもの魔法陣が回転し、最終調整が終わると、魔法陣全体が眩《まばゆ》く輝いた。

術式の発動である。

その数瞬後、辺りが突然、暗くなった。

そこにいた者たちが、都市中の民や衛兵、騎士たちが、目を見開き、息を呑み、ただただ、ぼう然と、その異様な光景を見上げる。

魔法陣の中央から出現したのは、クレスタ城の二倍はあろうかという巨大な石塊《いしくれ》であった。

雲が裂け、風が吹き荒れ、衝撃波が都市を襲う。

遠い星の彼方から到来したのだろう、隕石は摩擦《まさつ》で溶け、白熱し、煌々《こうこう》と輝いていた。

これが大神官グスタフの狂気の産物――

都市攻撃用・大規模戦略魔法――〈隕石落撃《メテオフォール》〉である。

荒れ狂う熱風で建物がきしみ、屋根が剝《は》がれ飛び、街路樹がなぎ倒される。

近衛騎士たちが声を上げ、勇者ヴィクターに駆け寄った。

「団長、陛下の元に戻りましょう！　我々の本分は陛下をお守りすることです！」

勇者ヴィクターは苦渋の表情で王女を見て、次に愛娘《まなむすめ》に目を向ける。

ジゼルはすぐに答えた。

「私はこの場に残ってすべてを見届けますわ！　それがお父様から教わった、勇者たる者の責務ですもの！」

ヴィクターは一瞬顔を歪めると、王女と娘に背中を向ける。

「……すまぬ……」

そう言い残すと、騎士たちを伴い、城へと全力で駆けていった。

セレスティア王女は勇者ジゼルにうなずくと、キッと落ちてくる隕石を睨む。

広場では魔術師の魔法攻撃が始まっていた。

しかし、巨大な石塊に対し、魔術師たちの攻撃は、まさに焼け石に水である。

リオンは王女に任せるのをためらったが、彼女の真剣な横顔を見て、思い直した。

ティアの覚悟は本物だ。

ならば妹の意思を尊重し、それを全力で支援するのが俺の役目――

頑張れ、ティア！

お前の力で、民を守るんだ！

勇者ジゼルが、クレハが、その場に残った者たち全員が、王女の小さな背中を見つめる。

セレスティア王女は左手の甲をかざすと、魔力を込めた。

その途端、王女の後方の空間に、〈王家の紋章〉が浮かび上がる。

その大きさと輝きに、皆が目を見張った。

クレハがこんな状況にも関わらず、思わずつぶやく。

「ティア様……なんて綺麗《きれい》……」

眩い光の中に立つ王女の姿は神々しく、誰もが見惚《みほ》れるほどであった。

王女は紋章に、限界まで魔力を込めていく。

紋章の輝きは太陽のように眩く、直視できないほどになっていった。

王女の額《ひたい》に汗が滲《にじ》み、小さな体は震え、息は荒くなっていく。

彼女は左手首を右手で摑むと、胸の前で合わせ、祈るような姿勢になった。

ついに、魔力が最大に達したのである。

王女が左手をかざし、高らかに告げた。

「神器〈絶対拒絶の盾〉――最大展開！」

その瞬間、王女を中心に、薄青の光球が出現し、急速に広がっていった。

その光球はリオンたちを包み、崩れた教会を覆い、広場の魔術師たちまでをも包み込んで、さらに大きく広がっていく。

魔術師たちが驚きに声を上げた。

「な、なんだ！」『撃ち方やめい！』「これは魔法障壁か⁉」「どこまで広がるんだ！」

王女が体を震わせながら、〈神器〉に魔力を込め続ける。

セレスティア王女の〈神器〉は、自分を守るだけのものではない。

彼女が守りたいものすべてを守る、守勢神器、随一の防御力を誇る大盾なのだ。

その盾は、まさに、彼女の「皆を守りたい」という想《おも》いが結実したものなのである。

クレスタ城をすっぽり覆うところまで広がったところで、大きな衝撃が起こった。

落下してきた隕石が、ついに王女の〈神器〉に接触したのである。

「ぐっ！」

王女が声を上げ、よろけるが、なんとか体勢を立て直した。

信じられない光景を目の当たりにし、皆、声を上げることさえできない。

隕石が薄青の光の壁に阻まれて、空の一点で留まったのだ。

〈神器〉で、巨大な石塊を止めたのである。

クレハや勇者ジゼルが、魔術師たちが、声を上げた。

「これがティア様の〈神器〉！　すごい！」『あれを止めるなんて驚きましたわ！」

「なんと！　これは〈神器〉だ！」『第三王女様が〈神器〉を顕現なさった！」

隕石が〈神器〉との接触で大きな火花を散らし、辺り一面が昼間のように明るくなる。

その光景を、都市中の皆が目撃した。

絶望の色に塗りつぶされていた皆の顔に、希望の光が灯っていく。

クレスタ城に辿《たど》り着いた勇者ヴィクターも、国王や王族たちも、その奇跡のような光景を信じられない思いで見上げていた。

もしかして助かるかもしれない。

王女様が私たちを救ってくれるかもしれない。

民たちの目に光が戻ってきた。

だが、そのときである――

「うう……うううっ！」

王女が体を震わせ、唸り声を上げた。

その顔は蒼白で、蠟細工《ろうざいく》のようになっている。

唇は紫色に変色し、冷や汗をじっとりとかいていた。

明らかに、魔力の枯渇症状である。

大量の魔力を一気に使いすぎたのだ。

クレハが悲痛な声を上げる。

「ティア様！」

王女はなんとか足を踏ん張ろうとしたが、もはや立っていられない。

これほどの大きさの〈神器〉を顕現させ続けることは、いくら彼女の魔力が多くても、不可能だったのだ。

隕石と接触しているところから、〈神器〉にひびが入り――

王女の目の端から涙が溢れた。

「……私が……民たちを……守──」
瞬く間にひびが広がると、硬質な音を響かせ、〈神器〉は砕け散った。
薄青の障壁は、細かい破片となって飛び散り、消えていく。
〈絶対拒絶の盾〉──消失。
同時に王女は気を失い、ふらつきながら倒れていった。
勇者ジゼルとクレハがすかさず飛び出す。
「殿下！」「ティア様あああ！」
二人が彼女の体を抱きとめると、再び、隕石の落下が始まった。
ここまで防いでいたのが、奇跡なのである。
民たちの悲嘆のどよめきがここまで聞こえてきた。
一筋の希望が潰え、さらに深い絶望が都市を覆っていく。
クレハは王女を抱き締め、絶対に離れないようにした。
勇者ジゼルが覚悟を決めた顔で、二人を守るように立つ。
クレハはそこで気がついた。
周りを見回して、いつもそこにいる人物がいないことを知る。
彼女がつぶやいた。
「どこに行ったの？　リオン」

そのとき、すでにリオンは城壁の上にいた。
周囲に人影はなく、周りから見られることもない。
リオンは妹の覚悟を見届けたあと、騒ぎに紛れて、王女たちの前から姿を消したのだ。
城壁から王女たちを見下ろし、リオンは一人うなずく。
よくやった、ティア。本当に頑張ったな。
ティアのような妹を持って、俺は本当に誇らしい。
お前が守ろうとした民たちは、俺が必ず守ろう。
だから安心して、しばらく休むがいい。
あとはお前の兄に——
リオンは上空の隕石を睨んだ。
このレオンハルト・ヴァン・エルデシアに任せろ。
ちょうど王女の〈神器〉が砕けた直後である。
今すぐ処理すれば、王女の手柄に見せかけることも可能だった。
そうすれば、俺の素性がバレることもないだろう。
リオンは生まれながらにして、〈王家の紋章〉を持たない。
否。そう判定されただけなのだ。

リオンが持って生まれた紋章は、人が判定できるような代物ではなかったのである。
なぜならその紋章は――
リオンは魔力を体内に巡らせた。
その瞬間、凄まじい衝撃波が起こり、髪の毛が銀色に輝き、その瞳が金色を帯びる。
視認できるほどの魔力が、リオンの体からほとばしった。
リオンは魔力を練ると、左腕を空に掲げる。
その刹那《せつな》――
聖都中の人間が、信じられないものを目撃した。
人々は空を見上げ、目を見開き、恐れ慄く。
空一面に広がっている光の紋様は何なのか。
それはまごうことなき紋章――〈王家の紋章〉である。
誰も、いまだかつて、これほど巨大な紋章を見たことがなかった。
王を始めとした王族たちが、多くの民たちが、上空に浮かぶ巨大な紋章に圧倒される。
あまりに巨大なため、その紋章の形に気づいた者はごくわずかだった。
浮かび上がる紋章は、王国民なら誰もが知っている紋章。
その名を――〈起源の紋章〉。
王国紋章教会が奉る、唯一にして無二の紋章である。

リオンが持って生まれたのは、〈起源の紋章〉だったのだ。

その紋章は人の判定など受けつけない。

それゆえ、リオンは紋章なしの忌《い》み子として魔境に捨てられたのだ。

上空から、凄まじい速度で隕石が迫る。

白熱し、熱波を撒き散らし、地表に到達するまでもう時間がなかった。

巨大な紋章が消えると、リオンは右腕を横に差し出す。

脳裏に浮かぶのは、育ての親である墓所の王霊たちである。

彼らに感謝の念を送ると、心の中でつぶやいた。

力を借りるよ、父さんたち。

落下してくる標的を見据えると、リオンは口を開いた。

「〈神器〉顕現――」

力強く告げる。

「〈撃滅王デニオンの魔槍〉!」

ぐっと右手を摑むと、光の粒子が集まり、その直後、右手には巨大な槍が出現していた。

魔槍の名にふさわしく、その槍は目に見えるほどの禍々《まがまが》しい気配を放っている。

穂先までが黒く、蛇がとぐろを巻いたような柄《え》はひび割れたようになっており、そのひび割れの下には血のような真紅が覗いていた。

これぞ〈神器〉。正真正銘の〈神器〉。

〈神器〉とは、伝説の王たちの力を具現化したものであり、それぞれに王の名を冠しているものなのである。

現在、王族に伝わっている〈神器〉の名は、すべて偽名なのだ。

歴史のどこかの時点で、何者かの意図が介在し、歴代王の名が排除されたのだろう。

近年の〈神器〉の弱体化は、これが大きな原因の一つであった。

真の名には、真の力が宿る。

真の力を持ってすれば、この程度の国難を退けることなど――造作もない。

リオンは大きく踏み込み、投擲《とうてき》体勢を取ると――

「ひゅううううっ！」

鋭い声を上げ、力の限り、魔槍を投げた。

投擲の衝撃波で、城壁の一部が吹き飛び、瓦礫が飛び散る。

槍の飛翔《ひしょう》速度は速すぎて、ただの光の軌跡にしか見えなかった。

次の瞬間――

直上に迫っていた隕石が、まるで太陽のように輝くと――

中央から、二つに、四つに、八つに、散り散りに砕け、爆散していく。

あっけなく、あっさりと、まるで雪玉が割れるかのように、隕石が砕け散っていった。

民たちがぼう然と、その目を疑うような光景を見上げる。
直後、地表を凄まじい衝撃波と、都市を震わせるほどの轟音が襲った。
衝撃波と音が、破壊から数秒遅れで地表に届いたのだ。
「うわあああああっ！」「何かに摑まれ！」「姿勢を低くしろ！」
騎士や衛兵たち、民たちが大声で叫ぶ。
頭を抱え、地面に伏せ、体を丸め、その振動と強風を凌《しの》ぐ都市の人々。
その衝撃が収まると、民たちは恐る恐る空を見上げた。
砕けた隕石は四散し、炎の尾を引きながら、都市中に降り注いでくる。
白熱した隕石の欠片《かけら》が、まるで無数の投石攻撃のように街に襲いかかった。
誰もが今度こそもう駄目だと悟ったとき――リオンは魔槍を手放す。
魔槍が宙で光の粒子となって消えると、リオンは今度は左手を差し出した。
そして、あり得ない言葉を口にする。
「〈神器〉装填《そうてん》――弐番」
リオンがぐっと拳を握った。
「〈精霊王シオネルの長弓〉！」
光の粒子が集まってくる。
その途端、左手に顕現したのは、巨大な弓。

その弓は木の枝を束ねたような形をしていた。

枝には草木の弦《つる》が巻きつき、弦には若葉さえ見える。

顕現できる〈神器〉は、王族一人に一つ。

それが〈神器〉の絶対法則だったが、リオンが持つ紋章は〈起源の紋章〉である。

すべての王は、起源の王の配下なのだ。

ゆえに、起源の王は、歴代王が持つすべての力を使えるのである。

すなわち、リオンは王族にして唯一、すべての〈神器〉を扱える存在なのだ。

リオンが長弓を構えると、その指先に何本もの矢が出現する。

その矢も、今まさに枝から作られたような有機的な形をしていた。

「――中《あた》る」

リオンは隕石の欠片をすべて視界に収めると、連続して矢を放つ。

それはまさしく必中の矢である。

矢が隕石の欠片一つ一つを正確に射抜くと、欠片は爆散し、粉々になっていった。

空のあちこちで隕石の欠片が砕けると、その度に眩い光が弾け、くぐもった音が響き渡る。

街に落ちる前に、すべての欠片は塵《ちり》となり、消えていった。

空に残されたのは、隕石が爆散した際の煙だけとなった。

リオンは空を見上げ、欠片を片付けたことを確認すると、人知れず城壁から消える。

勇者ジゼルやクレハたちも、クレスタ城で事の成り行きを見ていた王族や勇者一族も、都市中の民たちも、その光景にあっけに取られ、ぼう然と空を見上げるのみ。

その後、喜びの声が聞こえるまでには、しばらくの時間がかかった。

すべてを成し遂げたリオンは、何食わぬ顔で王女たちに合流し、護衛としての責務を果たした。

この日の出来事は『クレスタの奇跡』として、末長く人々に語り継がれることとなる。

こうして、聖都クレスタは壊滅を免れ、民たちは守られたのである。

✕エピローグ

第三王女セレスティアが紋章を披露すると、一際《ひときわ》大きな歓声が巻き起こった。

民たちが手を叩《たた》き、喜びの声を上げ、都市を救った王女を称える。

ここは聖都クレスタの象徴、クレスタ城。

あれから二週間――聖都にはまだあの日の爪痕《つめあと》が残されていたが、民たちの奮闘と強い請願により、この日、改めて紋章式が行われていた。

セレスティア王女が披露した紋章は、訪れていた他国の王族や、国内の貴族たちも唸《うな》るような、それは見事なものだった。

また、彼女は、ここクレスタを救った守護聖女としても、その名を轟《とどろ》かせていた。

父であるルドルフ国王は、式典で「第三王女セレスティアが〈神器〉を顕現《けんげん》し、都市を守った」と、彼女の功績を称えた。

その後に出現した巨大な紋章については現在調査中だが、紋章研究者からは「古代の王の加護がもたらされたのであろう」との説明がなされた。

そして、その加護をもたらしたのは、第三王女の献身である可能性が示唆《しさ》され、王女の名声はますます高まるばかりである。

大神官が王女暗殺を企《くわだ》てたこと、また、グスタフが悪名高き純粋紋章派の信奉者であったことを受け、紋章教会は責任を問われた。

だが、教会の権力は大きく、王族と言えども徹底的な調査や責任追及はできない。

グスタフに協力していた純粋紋章派と見られる神官たちを処罰するとともに、何人かの上級神官が辞職することをもって、教会の調査は打ち切られることとなった。

セレスティア王女に〈魔女〉の血が流れているという話は、証拠も何もなく、大神官グスタフの妄想として片付けられた。

一方、第六王子ヘルマンは王女殺害教唆《きょうさ》の疑いで、現在取調べ中である。

ヘルマンは「こんなことになるとは思わなかった」と弁明したが、それが王の逆鱗《げきりん》に触れ、彼には当分の間の謹慎と、王位継承権の剝奪《はくだつ》という厳しい措置が下った。

ヘルマンが失脚したことにより、第三王女の継承順位が繰り上がったのは間違いない。

彼女は好むと好まざるとに関わらず、王位継承争いから逃れることはできなくなったのだ。


そして第三王女の屋敷では――

セレスティアは執務室にリオンやクレハ、執事、侍女たちを集め、内々に報告した。

王女が皆を見回し、口を開く。

「力不足だということは承知しています。けれど、私は王位に挑む覚悟を決めました。私は民を守れる王になりたいのです。皆には苦労を掛けてしまうけれど、これからも私を支えてください。お願いします」

頭を下げるセレスティアに、皆は涙を流して感激し、より一層の協力を誓った。

皆が出ていったあと、リオンは執務室に残された。

リオンはさっそく、王女に報告する。

「隊長たちが勲章授与の件を改めて御礼したいと申しております」

「そう。彼らの働きに報いることができてよかったわ」

王女は、囮役《おとりやく》となった騎士団に勲章を与えて欲しい旨、王に願い出ていた。

その代わり、自分の褒章《ほうしょう》はいらないと申し出たのである。

王女は隊長たちの献身に、勲章をもって報いたのだ。

リオンにも褒章が出る予定だったが、彼は謹んで辞退した。

妹が辞退したのに、兄である自分が受けるわけにはいかないと思ったからである。

王女は話題を変えるように、こほんと一つ咳払《せきばら》いをする。

「さてリオン。今回の件ではいろいろありましたが……あなたの働きには感謝していますよ」

「もったいない御言葉です」

リオンが頭を下げると、王女は続けた。

「護衛の任期は三年です。その上でリオン、あなたに改めて命じます。よくお聞きなさい」

「は！」

王女はふと顔を逸《そ》らして、窓の外に目をやる。

「その三年の間に、私の側近候補に足る充分な働きを見せなさい。……分かりましたか？」

リオンは彼女の言葉の意味に気づき、ゆっくりと息を呑《の》んだ。

王女は、リオンを、ただの護衛としてではなく、自分の側近として考えているのだ。

つまり、リオンをずっと側《そば》に置くつもりがあると王女は言っているのである。

それはリオンにとって、妹からの信頼が得られたことを意味していた。

ティア……

妹の後ろ姿を見て、リオンは込み上げてくるものをぐっと堪《こら》える。

彼女が、窓ガラスに映るリオンをじっと見ていた。

ここで、兄の情けない泣き顔を見せるわけにはいかない。

リオンは笑みを作ると、恭《うやうや》しく頭を下げ、心を込めて口にした。

「ティア様のお望みのままに」

リオンが執務室を出ると、クレハが待っていた。

彼女は、リオンの正体について何か思うところがあるようだったが、尋ねたりはしなかった。

二人は廊下を歩きながら、言葉を交わす。

「やっぱり元凶はヘルマンだったわね。失脚していい気味だわ」

リオンは、その件については慎重に考えていた。

「どうだろうな……確かに今回の事件はヘルマンが発端だ。だが、そもそもヘルマンに情報を教えた奴《やつ》がいるんじゃないか？」

クレハが一瞬考えて、口を開く。

「つまり……ヘルマンも誰《だれ》かに利用されていた可能性があるってこと？」

「そうだ。ヘルマンは諜報網《ちょうほうもう》など持っていなかったと聞いている。自力で情報を掴《つか》めたとは考えにくい。それとなくヘルマンに情報を流し、行動を起こすよう仕向けた人物がいるのかもしれない」

クレハが小さく唸る。

「確かにあり得るか……。私をこの屋敷に送り込んだ依頼人も分からないままだしね……」

今回の件は片付いたものの、セレスティア王女が危険なことに変わりはなかった。

とにかく後手に回るわけにはいかない。

まずはヘルマンから情報を引き出し、裏にいた人物を探るべきだろう。

「よし。クレハ、皆を集めろ。すぐに動くぞ」

「分かったけど……あんまりえらそうに言わないでくれる？　私はあなたの従者じゃないんだ

から」

クレハは文句を言いつつも、面白《おもしろ》そうにリオンを見つめる。

リオンは肩をすくめると、素直に言い直した。

「そうだったな……頼むよクレハ」

「最初からそう言えばいいのよ。じゃあ、ツバキたちにも連絡しておくわね」

そう言うと、ふふっと笑って廊下を走っていった。

クレハの背中を見送ったあと、リオンは一人考えを巡らせる。

魔女の件は有耶無耶《うやむや》になったが、これも調べた方がいいだろう。

もしかして、母さんが亡くなったこととも関係があるのか？

病気で亡くなったと公表されているが、それは本当なのか……

リオンは執務室を振り返り、妹のことを思う。

何があるにせよ……ティア、お前を守り、必ず玉座を用意しよう。

俺《おれ》はそのために、ここにいるんだ。

リオンは決意も新たに、妹の未来のために動き始める。

王都某所の屋敷――

「殿下。お呼びでしょうか」

「お入りなさい」

いつもの優しい声音に、側近の女性は少しホッとして扉を開ける。

室内には、花の香りなのか、甘やかな匂《にお》いが漂っていた。

女性らしい色合いで統一された部屋には洗練された調度が並び、壁には趣味の良い絵画が飾られている。

部屋の奥では何人かの楽師が、ゆったりとした音楽を奏でていた。

壁際《かべぎわ》には侍女たちが整然と並び、主《あるじ》の命令を待っている。

屋敷の主は、窓辺の椅子《いす》に腰掛け、いつものように柔和な笑みを浮かべていた。

側近の女性は表情を引き締め、主に尋ねる。

「殿下。ご用件はやはり……ヘルマン様のことでしょうか？」

主は言葉を待つように、わずかに首を傾《かし》げた。

側近が続ける。

「あの夜の話を聞かれたから、ヘルマン様はあのような恐ろしいことを……！」

そこで――主はパチンと指を鳴らした。

その途端、側近の女性がぐらりと揺れ、目の焦点が合わなくなる。

主が涼やかな声で命じた。

「そのことはお忘れなさい。あなたは何も言っていないし、何も知らない。復唱して」

側近はがくがくと震えだすと、目をぐるんと上に向けた。

主は小さくため息をつくと、独り言のように言う。

「……やっぱりもっと練習が必要ね。人の記憶をいじるのって難しいわ……契約魔法の方がよっぽど楽よね」

契約魔法はある条件の下で契約を結び、互いの行動を制限し合う魔法である。

彼女は契約魔法の手練であり、契約の際、ちょっとした遊び心で、相手の首筋に鎖のような文様をつけることにしていた。

主従関係、いや所有関係を明らかにするためである。

彼女は、ちらりと楽師たちに目を向けた。

彼らは、ここ数日、不眠不休で演奏し続けている。

とうに体力の限界を越えているはずだが、その表情はうっとりとしており、心底、演奏を楽しんでいる様子だった。

彼らは皆、魔法に掛かっている。

その魔法は――精神魔法。

心を掌握し、記憶を改ざんし、感情を操作して、人を自由に動かす外法中の外法である。

遥《はる》か昔に禁忌《きんき》となり、失伝したはずの魔法体系だった。

「今日で三日目かしら……死ぬまで演奏させることもできるようね」

彼女は試しているのだ。

新しく自分に備わった力を試し、その性能を明らかにしようとしている。

彼女は研究熱心で、抜け目がなく、用意周到だった。

ふうと一つ息をつくと、目の前の側近に言う。

「さあ、分かったかしら？　もう忘れた？　あの夜のことは覚えていない？」

側近の女性が白目を剝《む》きながら、辿々《たどたど》しく口にした。

「……わだしは……何もいってない……何もじらない……」

彼女は安心したようににこりと微笑《ほほえ》んだ。

「そう、よかったわ」

パンッと手を叩くと、皆に言う。

「退室なさい。この部屋でのことは覚えていない。いいわね？」

楽師や側近、また壁際で整列していた侍女たちが、ぞろぞろと退室していった。

記憶を奪っても、数時間もすれば、自分が納得できるような記憶を勝手に作り出すことも分かっている。

すでに、ヘルマン王子の記憶は改ざんしてあった。

彼女が取調べ中のヘルマンに面会するのは、まったく自然なことなのである。

無邪気に微笑むと、彼女は中空に手を伸ばした。

その先に、巨大な杖《つえ》が浮いている。

上部には宝玉が埋め込まれ、その宝玉を掴むように枝が覆っていた。

全体は節くれだった太い枝であり、奇妙に捻《ねじ》れながらも杖の形になっている。

彼女は愛《いと》おしそうに杖を撫《な》でた。

「いずれ使いこなしてみせるわ。だから、もっと力を見せてちょうだいね――」

そして、杖の名を呼ぶ。

「〈魔術王ケネーシュの宝杖〉」

その杖は――〈神器〉。

杖の形をした攻勢神器の一つで、魔力増大、術式補助、魔法最大化など、魔法に特化したあらゆる機能を備える魔術師垂涎《すいぜん》の杖である。

彼女もつい最近まで、その〈神器〉の真名を知らなかった。

王家には〈摂理の魔杖〉として伝わっているのである。

真名を知り、〈神器〉を顕現させた途端、彼女の頭に精神魔法の術理が流れ込んできた。

この宝杖は古《いにしえ》の魔法体系を記憶しており、その記憶は使用者に受け継がれるのだ。

「なんて素晴らしいの……」

彼女は感嘆《かんたん》のため息をつくと、杖をもう一度撫で、椅子の背もたれに体を預ける。

先日起こった紋章式での出来事を思い起こし、考えを巡らせた。

「かなりセレスティアを追い詰めてみたけれど、〈魔女〉の力に目覚めた様子はないわね。もっと絶望を与えないと駄目なのかしら……？　次は周りから攻めてみようかな……あ、それなら――」

彼女は乙女《おとめ》のように頬《ほお》を赤らめた。

「あの人にしましょう！　彼ならきっと私の理想を理解してくれる！　理解できなくても、脳に直接分からせてあげるわ！　ああ、彼は本当に素晴らしい。あの芳醇《ほうじゅん》な魔力……隠そうとしても私には分かる。あれは百年に一度、いいえ、千年に一度の逸材よ！」

思い出して興奮してきたのか、彼女は体をくねらせる。

「ああ、彼が欲しい……あの人が欲しい！　セレスティアにはもったいない！」

彼女は切なそうな顔をして、声を上げた。

「待っていてちょうだい。すぐに手に入れるからね。私の――リオン！」

彼女は聖都クレスタで、セレスティア王女の専属護衛を見かけ、彼から漏《も》れ出る魔力に衝撃を受けたのである。

以来、彼に夢中だった。

彼女の名はヴァネッサ。

ヴァネッサ・ネイル・エルデシア。

この国の第一王女にして、第六王子ヘルマンの姉。

実弟であるヘルマンを誘導し、今回の事件を画策した真の首謀者。

加えて、セレスティア王女の屋敷に暗殺者を送り込んだ依頼人。

そして——〈神器〉の真名を知る唯一の王族である。

「ああ……あああ！　リオン！　リオオオオォンッ！　私のものになるのよ！」

その悩ましげな声は夕食の時間まで続いたが、扉を守る護衛も、部屋に入ってきた侍女さえも、その声をまるで気にしなかった。

あとがき

はじめまして、あるいはごぶさたしております、西島《にしじま》ふみかるです。

新シリーズ『追放王子の暗躍無双　～魔境に棄てられた王子は英雄王たちの力を受け継ぎ最強となる～』を手に取っていただき、ありがとうございます。


ところでみなさんは「暗躍」はお好きですか？　私は大・大・大好きです！

正体を隠して裏で画策する主人公ってかっこいいですよね。真の実力を隠しているとなお良き！

表の顔とのギャップが大きいと、さらにグッときます。

今回の話は、そんな暗躍する主人公を最初にイメージして、「ではなぜ正体を隠しているのか？」「どんなすごい力を持っているのか？」と考えた末に生まれました。

追放された王子が最強の力を身につけて帰還し、正体を隠して暗躍する――

これが本作のメインストーリーです。

物語は、主人公が、実の妹が暗殺未遂にあったと知るところから始まります。

十年ぶりに王都に戻った主人公は、あるときは王女の専属護衛として、またあるときは美しき従者たちを率いた謎の剣士として、縦横無尽の活躍を見せていきます。

棄てられた王子が、その最強の力の一端を見せる始まりの第一巻、お楽しみいただければ幸いです。


さて、ここから謝辞です。

出版に携わってくださったたくさんの方々、GA文庫のみなさま、以前の担当のMさん、新しく担当してくださることになったNさん、Tさんには大変お世話になりました。おかげさまでなんとか新シリーズを出すことができました。

今回イラストを引き受けていただいた福《ふく》きつねさんには、お忙しい中、想像以上の美麗なイラストを仕上げていただき、本当に感謝しています。キャラクターデザインの時から複数案を出してくださり、どれにしようかと迷って嬉しい悲鳴を上げておりました。福きつねさんのイラストのおかげで、手に取ってくださった方が増えたのは間違いありません！

また、同期の作家仲間にはいつも助けられています。協力し合う仲間であり、同時に競い合うライバルでもあるみんなには、常に大きな刺激を受けています。

感想や意見を言ってくれる友人、支えてくれる家族にも感謝です。

そして何よりも、本作を読んでくださった読者のみなさまに感謝申し上げます。

次回もみなさまの期待に応えられるよう全力で頑張ります！　ではまた。

ファンレター、作品の
ご感想をお待ちしています

〈あて先〉

〒106－0032
東京都港区六本木2－4－5
ＳＢクリエイティブ（株）
GA文庫編集部 気付

「西島ふみかる先生」係
「福きつね先生」係

本書に関するご意見・ご感想は
右の QR コードよりお寄せください。

※アクセスの際や登録時に発生する通信費等はご負担ください。

https://ga.sbcr.jp/

追放王子の暗躍無双
～魔境に棄てられた王子は
英雄王たちの力を受け継ぎ最強となる～

発　行	2023年10月31日 初版第一刷発行
著　者	西島ふみかる
発行人	小川　淳
発行所	SBクリエイティブ株式会社
	〒106－0032
	東京都港区六本木2－4－5
	電話　03－5549－1201
	03－5549－1167（編集）
装　丁	AFTERGLOW
印刷・製本	中央精版印刷株式会社

ISBN978-4-8156-1552-9
Printed in Japan
GA文庫

試読版は
こちら!

試読版は
こちら!